ABBY H. ou
LA VIE EN MAUVE
Une fille avertie en vaut deux

Lisez tous mes livres!

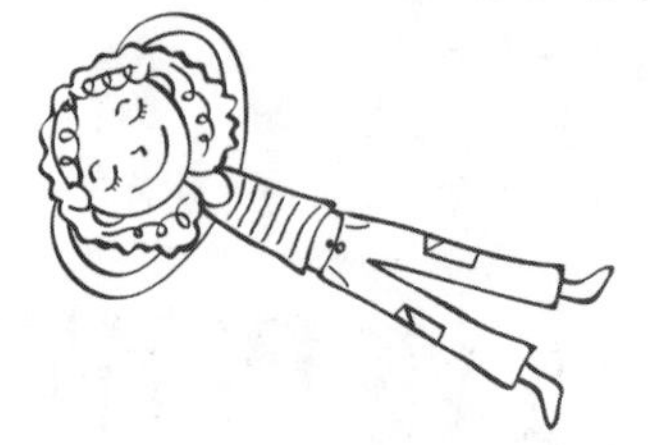

1 Après la pluie, le beau temps

2 La déclaration d'indépendance

3 Tout est bien qui finit bien!

4 Ça va comme sur des roulettes

5 Une fille avertie en vaut deux

Une fille avertie en vaut deux

ANNE MAZER

Texte français de Marie-Andrée Clermont

Pour maman et papa

Illustrations de la couverture et de l'intérieur : Monica Gesue

Conception graphique : Dawn Adelman

Catalogage avant publication de Bibliothèque
et Archives Canada

Mazer, Anne
Une fille avertie en vaut deux / Anne Mazer;
texte français de Marie-Andrée Clermont.

(Abby H. ou la vie en mauve)
Traduction de : Look Before You Leap.
Pour les 8-12 ans.
ISBN 0-439-95866-0

I. Clermont, Marie-Andrée II. Titre. III. Collection :
Mazer, Anne Abby H. ou la vie en mauve.

PZ23.M4499Fi 2005 j813'.54 C2004-907135-1

Édition publiée par les Éditions Scholastic,
175 Hillmount Road, Markham (Ontario) L6C 1Z7.

5 4 3 2 1 Imprimé au Canada 05 06 07 08

Chapitre 1

Moi, je ne suis pas d'accord avec ça! Guimauve est une chatte amicale et affectueuse qui ne griffe jamais. Elle appartient à ma voisine, Gloria, qui fait une maîtrise à l'université.

Guimauve a beaucoup de talent : elle détient le record du monde du sprint de cinq mètres entre le divan et son plat de nourriture. De célèbres spécialistes en disparition étudient sa technique pour se volatiliser en un clin d'œil par la porte d'entrée. Aucun autre chat ne la surpasse en vitesse. Faites courser Guimauve contre une locomotive, un boulet de canon ou une classe de cinquième année lancée à sa poursuite, et c'est elle qui aura le dessus!

(Et elle ne griffe jamais.)

Bulletin de dernière heure
de votre reporter volante, Abby H.

Guimauve a donné naissance à une portée de chatons. Hourra! Hourra! Hourra!

Sa fière propriétaire, Gloria, a invité Abby Hayes à rendre visite à « los gatitos », comme elle les appelle, ce qui veut dire « les petits chats » en espagnol. Il y en a sept, de ces minous minuscules : trois tigrés avec du poil roux, deux gris, un noir et un blanc. Se sont-ils consultés avant la naissance pour décider qui porterait telle ou telle robe?

En ce moment, la nouvelle maman ne manifeste aucune envie de briser des records de vitesse félins ni de s'enfuir du logement de Gloria. Étendue sur un oreiller, elle nettoie et nourrit ses petits. Si l'un d'entre eux s'aventure trop loin, Guimauve le soulève par la peau du cou et le ramène auprès des autres. Ses minous sont si petits que je pourrais les mettre dans ma poche.

Même s'ils n'ont qu'une semaine, les bébés ont déjà commencé à établir leurs propres records! Abby se propose de leur consacrer une page dans le Livre Hayes des records du monde pour la marche la plus vacillante et le miaulement le plus aigu.

Les chatons de Guimauve deviendront amicaux, tout comme leur maman. Je me demande s'ils seront des coureurs supersoniques, eux aussi!

<u>Abby H. veut avoir un animal de compagnie!</u>

Un chaton, ce serait bien, mais elle n'est pas difficile. Un chien la rendrait heureuse, ou alors un poisson, un oiseau, un alligator (ha! ha! c'est juste une blague), un boa constrictor (reblague) ou un cochon d'Inde. Pourvu que l'animal soit bien à elle et qu'elle puisse l'aimer et en prendre soin!

Abby ajuste la courroie de ses lunettes de nage et les descend sur ses yeux. Elle glisse les pieds hors de ses sandales et se dirige vers la partie profonde de la piscine municipale.

Elle scrute les lieux pendant un moment. Une foule de nageurs s'aspergent dans la partie peu profonde, mais là où elle se trouve, il n'y a presque personne. Abby tire sur un coin de son maillot de bain mauve tout neuf. Puis elle prend une inspiration, se pince le nez et s'élance.

Dans un grand éclaboussement, elle se retrouve dans l'eau.

Sa meilleure amie, Jessica, nage vers elle pour la saluer. Ses longs cheveux bruns, très droits, sont mouillés et plaqués contre sa tête. Elle porte un maillot rayé turquoise et blanc.

— Abby, s'écrie-t-elle, j'ai gagné sept dollars aujourd'hui!

— Félicitations! dit Abby en nageant sur place.

Jessica vient d'être engagée comme aide maternelle. Chaque matin, du lundi au vendredi, elle s'occupe d'un petit garçon de quatre ans. Elle s'amuse avec lui pendant que sa maman travaille à la maison.

— Comment ça s'est passé? demande Abby.

— Il m'a lancé des céréales, dit Jessica. De la crème de blé... couverte de sirop d'érable. J'ai dû ordonner un arrêt de jeu.

— Ouache!

Abby est bien contente de ne pas avoir d'emploi. De toute façon, elle n'en a pas besoin. Il y a quelques mois, elle a amassé 165 $ pendant une vente-débarras qu'elle avait organisée. Même après avoir acheté des patins à roues alignées neufs et des coussins protecteurs, ainsi que des cadeaux pour ses amis et sa famille, il lui reste encore pas mal d'argent.

Abby souhaiterait que Jessica en ait beaucoup, elle aussi. Ainsi, au lieu d'avoir un emploi comme aide maternelle, son amie pourrait aller au camp de jour avec elle. Depuis la maternelle, les deux copines ont toujours fréquenté le même camp durant l'été. Ce sera la première année qu'elles n'y seront pas ensemble.

Le camp ne sera pas pareil sans Jessica. Abby n'aura pas d'amie intime avec qui rire et partager ses secrets pendant la journée. Personne avec qui faire équipe pour les excursions dans la nature. L'été s'annonce très long et Abby craint un peu de s'ennuyer. Est-ce que le fait d'avoir un animal de compagnie améliorerait les choses? Bien sûr, il ne viendrait pas au camp de jour avec elle, mais il serait là à son retour et elle jouerait avec lui.

Jessica s'enfonce sous l'eau et refait surface.

— Le sirop d'érable colle dans les cheveux, dit-elle. Il a fallu que je me fasse deux shampoings, une fois rentrée à la maison. C'est risqué d'avoir les cheveux longs avec Geoffroy dans les parages. Penses-tu que je devrais les faire couper? Avant qu'il le fasse lui-même?

— Non, répond Abby en faisant la planche. Tu n'as qu'à les remonter sur ta tête.

Jessica hoche la tête.

— Je me demande ce qu'il va encore inventer, soupire-t-elle.

Les deux filles traversent la piscine en nageant.

— Devine quoi, Jessica. Je vais avoir un animal de compagnie! annonce Abby en arrivant de l'autre côté.

— Tes parents sont d'accord? s'étonne Jessica. Et les allergies de ton frère, alors?

Jessica s'y connaît bien en allergies, elle qui souffre d'asthme et doit toujours avoir son inhalateur sur elle, où qu'elle soit. Sauf dans la piscine, bien entendu.

— Il y a des animaux de compagnie qui ne perdent pas leurs poils, remarque Abby en repoussant une mèche dégoulinante de son visage.

Elle adore ses cheveux quand ils sont mouillés : ce sont

alors de simples cheveux foncés qui tombent tout droits – des cheveux normaux, quoi! – pas la folle tignasse rousse et indomptable qu'elle endure tous les jours. Sauf que, si elle ne les brosse pas, ils frisotteront plus que jamais, une fois secs.

— Lesquels? demande son amie.

— Je ne le sais pas encore.

Elle n'a pas résolu ce problème. Mais pourquoi se laisserait-elle arrêter par les allergies de son frère? Il suffit seulement de faire une bonne recherche et de donner à l'animal les soins appropriés.

— Oui, mais... commence Jessica.

— Hé, regarde! coupe Abby en montrant le tremplin du doigt.

Pendant que les deux amies bavardaient, une demi-douzaine de jeunes se sont mis en rang près du tremplin. Parmi eux, de nombreux camarades d'école qu'Abby et Jessica connaissent bien.

Mason est le premier en ligne. Son ventre ballonne par-dessus son maillot de style boxeur. En grognant bruyamment, il grimpe sur le tremplin et jette un œil circulaire sur la piscine.

— Vas-y, plonge! s'impatiente Zach.

Zach a les cheveux coupés presque à ras du crâne. Un motif de clavier électronique décore son costume de bain bouffant. Il a les jambes et les bras maigres et bronzés.

— Oui, laisse la chance à quelqu'un d'autre d'y aller! renchérit Tyler.

Pour l'été, celui-ci a rasé une partie de ses cheveux et teint le reste d'un blond très pâle. Maintenant, lui et son meilleur ami Zach sont presque des jumeaux.

Mason se dirige d'un pas décidé vers le bout du tremplin. Le plongeoir vibre sous son poids tandis qu'il saute à quelques reprises.

Dans un beuglement sauvage, il bondit dans les airs, ouvre les bras tout grands, comme les ailes d'un avion, et touche l'eau dans un formidable éclaboussement.

— Un raz-de-marée! s'écrie Zach.

Mason refait surface, le poing en l'air.

— Vous avez vu ça? C'était impressionnant, hein? demande-t-il avant de roter bruyamment.

— Tu as été sensationnel! lui crie Tyler.

— Je peux plonger mieux que ça, déclare Béthanie.

Béthanie est la meilleure amie de Brianna et l'élève de cinquième année qui aime le plus les hamsters. Elle fait voler ses longs cheveux blonds au-dessus de son épaule. Les autres lui cèdent le passage pour qu'elle grimpe dans l'échelle.

— Où est Brianna? chuchote Abby à l'oreille de Jessica.

— Brianna? dit Jessica en haussant les épaules. Elle est sans doute en train de gagner des prix, d'enregistrer des messages publicitaires ou de danser sur Broadway.

Brianna est la grande fanfaronne de la classe, celle qui surpasse tout le monde en tout. Et Béthanie est sa meneuse de claque particulière.

À l'extrémité du tremplin, celle-ci se tient très droite et immobile, les orteils pointés comme ceux des gymnastes. Elle porte un maillot noir à carreaux minuscules.

— Donne tout ce que tu peux! Mais personne ne peut vaincre le grand Mason! claironne Mason.

Sans répondre, Béthanie prend une inspiration, s'élance haut dans les airs, exécute deux sauts périlleux et touche l'eau en créant à peine une vaguelette.

— Hourra! s'écrient Abby et Jessica.

Lorsque Béthanie remonte à la surface, tout le monde l'applaudit, même les garçons.

— Simple coup de chance, marmonne Mason, l'air renfrogné.

— Ah oui? C'est ce que tu penses? rétorque Béthanie.

Il frappe l'eau de sa main et y va d'un autre rot.

— Oui, c'est ce que je pense.

— Béthanie pourrait plonger en dormant, et elle plongerait mieux que toi, grand Mason! affirme Abby.

Avec un signe de tête de gratitude en direction d'Abby, Béthanie se dirige vers l'échelle. Elle sort de la piscine et se remet en rang près du tremplin.

Mason la suit.

— C'est ce qu'on va voir, grommelle-t-il.

— Organisons une compétition! propose Nathalie.

Nathalie est l'une des meilleures amies d'Abby et de Jessica. Sa courte tignasse foncée est toujours en broussaille. Elle porte un maillot au corsage bain-de-soleil, sur lequel, mystérieusement, on ne voit aucune tache, elle qui, d'habitude, conserve sur ses vêtements le résultat des expériences de chimie qu'elle aime tant faire.

— Une compétition! Une compétition! appuie Tyler.

— Qu'est-ce qu'on gagnerait? demande Mason.

— Un calendrier de nageurs! crie Abby. J'ai quatre-vingt-un calendriers dans ma chambre, chuchote-t-elle à l'oreille de Jessica. Je dois bien en avoir un qui porte sur la natation.

Abby a tapissé les murs de sa chambre de calendriers. En plus, ses tiroirs en sont pleins et il y en a d'autres sur son plancher. Sa collection grandit sans cesse, surtout à son anniversaire, aux occasions spéciales et pendant les vacances. Sa grand-mère préférée, grand-maman Emma, lui envoie souvent des calendriers, même sans raison.

— Quoi d'autre? demande Mason en croisant les bras sur sa poitrine.

— Un code gratuit pour tricher à un jeu électronique, offre Zach.

— Et une affiche de la navette spatiale, renchérit Jessica.

— J'accepte, déclare Béthanie.

— Moi aussi, dit Mason. Même si les prix sont pas mal insignifiants. Personne ne veut m'offrir un prix en argent?

— Non! répondent en chœur Jessica, Abby, Tyler et Zach.

Béthanie lisse un pli invisible de son maillot de bain.

— Je suis prête pour la compétition, dit-elle. Vous autres?

— Il faut se donner du temps pour s'entraîner, dit Zach. Si on disait, mettons, dans deux mois? demande-t-il en jetant un coup d'œil du côté de Mason.

— Pas question! proteste Abby. C'est à la fin de l'été!

— Bon, dans quatre semaines, alors, dit Zach. Ou trois.

Mason montre son accord d'un signe de tête.

Nathalie agite la main au-dessus de la piscine.

— La compétition aura lieu dans trois semaines, annonce-t-elle. Nous verrons bien, alors, qui plonge le mieux parmi les élèves de cinquième année.

Chapitre 2

J'ai demandé à ma super-grande-sœur Isabelle (le dictionnaire humain) ce que c'était, une multitude. Elle m'a expliqué que c'était tout simplement une foule, un grand nombre de personnes.

Est-ce bien vrai que la multitude a toujours tort?

1. Il y avait une multitude d'enfants à la piscine municipale, cette fin de semaine. Cette multitude pense que Béthanie va gagner la compétition. Toutes les filles et certains des garçons sont derrière elle et l'encouragent.

Béthanie exécute des plongeons formidables. Et pas Mason. Comment

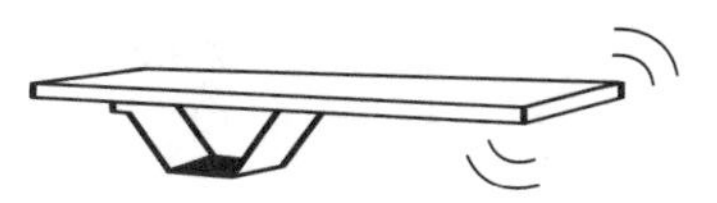

alors nous, la multitude, pourrions-nous avoir tort?

2. Si une multitude de membres de la famille Hayes désire avoir un animal de compagnie, nous en aurons un. Est-ce que ça veut dire que nous aurons tort? *NON!*

Assis à la table de cuisine, les membres de la famille Hayes achèvent leur souper. Abby commence à desservir.

— C'était délicieux, Éva, complimente sa mère. Merci d'avoir préparé le souper.

— Des petits pois congelés, servis avec un macaroni au fromage sorti d'une boîte? nargue Isabelle, la jumelle pas du tout identique d'Éva. Ce n'est pas ce que j'appellerais un repas grand gourmet!

— Au moins, je n'ai pas eu à cuisiner, fait remarquer leur père en se servant une tasse de café. Et toi non plus, Isabelle.

— Ce sera mon tour demain soir, lui rappelle Isabelle. Au menu, des fettucine Alfredo, annonce-t-elle en faisant rouler le « r » avec un authentique accent italien.

— Fettucine Fred! raille Éva en se levant de table. (Elle porte un short de course et un polo de sport en lycra.) Je m'en vais au gymnase. Je dois reconstruire la force de mon bras.

Elle tend les muscles de son bras droit, qu'elle a fracturé durant un match de basketball, au printemps. Il paraît plus petit et plus faible que l'autre. Le plâtre vient tout juste d'être retiré.

— Attends une minute, Éva, intervient sa mère en lui faisant signe de se rasseoir. Votre père et moi avons à vous parler.

Abby empile ce qu'il reste de vaisselle sale sur le comptoir. Après le souper, son petit frère Alex la rangera dans le lave-vaisselle.

À en juger par son apparence, Alex aurait besoin d'un petit tour dans le lave-vaisselle, lui aussi. Son t-shirt est couvert de taches de macaroni et il est tout dépeigné.

— Maman! gémit Éva. Je ne veux pas être en retard.

Isabelle souffle sur ses ongles, qui sont longs et qui rutilent sous leur vernis argenté.

— Ce n'est pas une tragédie de manquer dix minutes d'entraînement, Éva. Tu finiras bien par retrouver ton bras. Ne t'inquiète pas.

— Ah bon! rétorque Éva. Et comment peux-tu savoir ça, toi qui n'as jamais eu de fracture? Il faut que je retrouve ma forme avant le début de la saison de basketball, à l'automne. Sans parler de la crosse et de la balle molle...

— Nous n'allons pas recommencer! soupire leur père.

Abby se rassoit. La dernière fois que ses parents ont convoqué une réunion familiale, ils ont distribué des corvées pour le grand ménage du jardin. Abby a ramassé des feuilles pendant des heures. Elle espère qu'ils n'ont pas en tête un autre projet d'embellissement du même genre.

Olivia Hayes rentre une mèche rebelle dans son chignon. Elle ne s'est pas changée en revenant du cabinet d'avocats où elle travaille et elle est encore vêtue de son tailleur.

— Est-ce que quelqu'un de vous a pensé aux vacances? demande-t-elle en brassant une cuillerée de sucre dans son café. Nous prenons une semaine à la fin de l'été. Qu'avez-vous envie de faire? Faisons un tour de table, pour voir.

Quatre voix s'élèvent en même temps.

— Visiter des sites historiques, propose Isabelle. Des champs de bataille du temps de la guerre de Sécession! Des villages datant de l'époque coloniale!

— Un voyage à vélo! lance Éva.

— Moi, je veux visiter un musée des sciences et de la technologie! s'écrie Alex.

— Est-ce qu'on pourrait passer du temps avec grand-maman Emma? demande Abby. Et visiter une usine de calendriers?

Un moment de silence s'ensuit, que brise Isabelle.

— Et vous deux, maman et papa, qu'est-ce qui vous intéresse?

— Votre mère veut visiter des boutiques d'antiquités, dit leur père, et moi, je veux me détendre sur une plage en ne faisant rien du tout pendant une semaine.

Les six membres de la famille Hayes se regardent, consternés.

— Nous savions que ce ne serait pas facile, dit leur mère.

— Comment allons-nous faire pour combiner six projets de vacances en un seul? gémit Isabelle.

Personne ne dit mot. Il n'y a rien à dire.

— Maman, papa, est-ce qu'on pourrait avoir un animal de compagnie? lâche Abby.

Elle sait que ce n'est pas le bon moment pour poser la question. C'est le pire moment qu'on puisse imaginer, en fait, mais les mots sont sortis tout seuls, sans qu'elle comprenne pourquoi.

— Un animal de compagnie? répète son père en fronçant les sourcils. Est-ce que nous n'avons pas assez de problèmes à discuter de nos vacances?

— J'ai toujours eu envie d'avoir un chien, dit Éva. Un golden retriever.

— Les chats sont les seuls animaux qu'il vaille la peine d'avoir, déclare Isabelle.

— Je veux une cage pleine de souris blanches, dit Alex. Je pourrais étudier leur comportement et les observer dans des labyrinthes.

— Tu es allergique à la fourrure et aux plumes, lui rappelle sa mère. C'est justement pourquoi nous n'avons pas d'animaux de compagnie.

— Mais maman! proteste Abby.

Sa mère ne sait-elle donc pas que certains animaux ne provoquent pas d'allergies?

De l'autre côté de la table, Isabelle et Éva engagent une dispute sur les chiens et les chats. En fait, elles se disputent *comme* chien et chat.

— Est-ce qu'on pourrait discuter de nos vacances? intervient leur mère.

Comme elle n'obtient pas de réponse, elle baisse les bras, découragée.

— C'est un cas désespéré, dit Paul Hayes à sa femme en riant. Nous n'arriverons jamais à prendre une décision ce soir.

— Et si on se procure un animal de compagnie, est-ce qu'on peut l'emmener en vacances? demande Abby.

— Discussion reportée à demain, décrète leur mère. Que chacun essaie de penser aux suggestions des autres. Nous en discuterons et nous voterons pour celles qui nous plaisent le plus.

Olivia Hayes frappe la table de sa cuillère, comme s'il s'agissait d'un marteau. Puis elle se lève et enfile un tablier sur son tailleur de travail.

— Alex, es-tu prêt à m'aider à remplir le lave-vaisselle?

— Je peux y aller, maintenant? demande Éva.

Son père lui fait signe que oui. Éva prend son sac de sport et disparaît par la porte arrière.

— Elle a oublié le dessert, remarque Isabelle, ennuyée.

Sa sœur a eu le dernier mot.

— Pas de problème, dit leur père. Il y a de la crème glacée dans le congélateur.

— Encore? grimace Isabelle en pliant sa serviette de table en un triangle bien propre. Je vais me brancher sur Internet et faire un peu de recherche. J'imprimerai les résultats pour notre discussion de demain.

Abby se dirige vers le canapé et sort son journal mauve.

Oh! oh!

Isabelle Hayes, quatorze ans, va faire une présentation officielle en vue de nos vacances en famille. Elle va nous expliquer que nous pouvons revivre l'histoire en visitant des champs de bataille datant de la guerre de Sécession.

Remarque : Pourquoi vouloir revivre des guerres? Moi, je veux vivre en paix!

Éva Hayes, quatorze ans elle aussi, vantera les effets bénéfiques de l'exercice en plein air sur la santé et fera l'éloge de l'esprit d'équipe pendant les excursions en vélo.

Remarque : Elle va oublier de mentionner les coups de soleil, les muscles endoloris et les piqûres de maringouins.

Alex Hayes, âgé de sept ans, va essayer de nous convaincre d'étudier la robotique et les premiers ordinateurs.

Remarque : Tout le monde fera semblant de comprendre de quoi il parle.

Maman et papa parleront de dénicher des meubles antiques et de s'évader de la civilisation.

Remarque : Pourquoi les parents choisissent-ils toujours des vacances ennuyantes?

Quant à Abby H., fille du milieu...

Je leur décrirai les jeux qu'on peut inventer avec Zipper, le chien de grand-maman Emma. Tous se rappelleront à quel point ils adorent Zipper et ils constateront combien la famille Hayes a besoin d'un animal de compagnie! Je vais aussi leur expliquer le plaisir que nous aurions à voir d'un seul coup des milliers de beaux calendriers flambant neufs!

Remarque : Tout le monde va m'écouter poliment. Deux minutes après que j'aurai terminé, ma famille entreprendra une dispute sur un autre sujet! J'entrerai mon projet dans le Livre Hayes des records du monde comme la suggestion de vacances la plus vite oubliée.

Personne ne s'entend jamais sur quoi que ce soit dans la famille Hayes! Nous ne sommes jamais une multitude à penser la même chose! Est-ce que ça veut dire que nous avons tous raison tout le temps?

Même si c'est le cas, ça ne nous rapproche pas du tout d'un choix pour nos vacances.

Ayons des pensées positives! Je vais trouver un grand nombre de bonnes raisons pour adopter les projets de vacances d'Isabelle, d'Éva et d'Alex, ou ceux de maman et de papa. Ils seront tellement impressionnés et reconnaissants qu'ils courront tous – mes sœurs, mon frère et mes parents – chercher un animal de compagnie pour la famille.

Pensées positives :

Bon, d'accord. On oublie ça!!!

De toute façon, j'aurai un animal de compagnie.

Même si les membres de ma famille ne sont pas d'accord, je me débrouillerai toute seule. Je n'ai pas besoin de leur aide! Je peux me trouver un petit animal et l'emmener à la maison. Je vais jouer avec lui et le nourrir. Il sera à moi, tout à moi, rien qu'à moi! Et j'en prendrai soin sans l'aide de qui que ce soit!

Chapitre 3

J'ai à la fois trop ET trop peu à faire! C'est un fardeau pénible.

Trop peu à faire avec mes amies, cet été, et trop avec ma famille.

Comme maman l'a dit, hier soir :

– Les vacances idéales de la famille Hayes seraient à la fois éducatives et relaxantes. En plus, elles nous permettraient de faire du sport et de socialiser.

À l'unanimité, nous avons reconnu que c'était une idée terrible. Personne ne peut tout faire à la fois, n'est-ce pas?

La famille Hayes a déjà tenu quatre séances de discussion et, malgré ça, nous ne sommes pas plus près d'une décision concernant nos vacances en famille. Nous nous accordons pour être en désaccord, comme l'a dit papa. Ne pourrions-nous pas être en désaccord pour nous accorder, plutôt?

Selon maman, nous devons en venir à un consensus. Voilà un mot qui sonne comme un formulaire gouvernemental à remplir. Ça veut juste dire qu'il faut prendre une décision. Et vite!

Ma super-grande-sœur Isabelle a déclaré que nous n'avancions pas.

- Nous croupissons, a-t-elle dit.

Nous croupissons. Bon. L'eau qui croupit finit par moisir et sentir mauvais. À l'étape suivante, allons-nous tous empester?

Conversation typique portant sur les vacances

Quelqu'un : « Que diriez-vous de...? »

Quelqu'un d'autre : « Non! »

Quelqu'un : « Mais... »

Quelqu'un d'autre : « Non! »

Quelqu'un : « Oui, mais si...? »

Quelqu'un d'autre : « PAS QUESTION! »

Si cela continue, la famille Hayes aura besoin de prendre des vacances de dispute.

(Je parie que ça aussi, ça provoquerait de la chicane.)

CHANGEMENT DE SUJET!!! (Avant que je commence à me disputer avec moi-même!)

L'horaire d'été idéal d'Abby

7 h Je me réveille. (À l'aide d'un réveille-matin et des oiseaux qui pépient très fort de l'autre côté de ma fenêtre.)

7 h 3 J'écris dans mon journal. (C'est très important. Aussi important que la nourriture, l'eau et les médicaments.)

7 h 25 Je joue avec mon animal de compagnie.

7 h 55 Papa cogne à ma porte et m'annonce que le déjeuner est prêt.

8 h 3 Je déjeune avec Alex.

8 h 30 J'arrive au camp de jour : promenades, bateau, bricolage. Mes meilleures amies sont toutes avec moi. Nous faisons tout ensemble.

14 h 30 Le camp se termine.

14 h 45 J'enfile mon maillot de bain. Je mets, dans mon sac, une serviette, mes lunettes de nage, mes sandales et une collation.

15 h J'arrive à la piscine où je retrouve toutes mes amies. Nous nageons, nous mangeons et nous plongeons jusqu'à 19 h.

19 h Je rentre à la maison

pour souper. Je m'amuse encore avec mon animal de compagnie.

L'horaire d'été d'Abby (le vrai)

Le même que ci-dessus, sauf que je n'ai pas d'animal de compagnie, et qu'aucune de mes amies ne viendra avec moi au camp de jour (qui va commencer la semaine prochaine).

Comment obtenir un animal de compagnie (1re partie)

a) M'inscrire à un camp d'animaux de compagnie. (Existe-t-il un tel camp?) Passer la semaine avec toutes les espèces d'animaux possibles et impossibles et, à la fin de chaque session, en rapporter un à la maison. Donner de la laitue à un petit lapin avec un nez rose qui remue tout le temps. Lancer des bâtons à un chien dans un champ. Et apprendre à un perroquet à dire : « Je veux avoir les oreilles percées! »

Voilà qui impressionnerait mes parents! Ils me donneraient aussitôt la permission de me faire percer les oreilles!

b) Promener les chiens de Mme Odell avec Jessica. (Mme Odell a peut-être un autre chien qu'elle pourrait me donner? Ou elle connaît peut-être de petits chiots qui cherchent un foyer chaleureux?)

c) Ne pas oublier d'appeler Jessica, d'abord!

(Elle a dit oui! Je peux aller promener les chiens avec elle, ce soir.)

Rapport sur la promenade des chiens
(signé Abby H., votre reporter canine)

Les chiens se nomment Elvis, Bouboule et Prince.

Elvis est une petite boule de poils blancs.

Prince est un gros golden amical.

Bouboule est brun, trapu et bas sur pattes.

Comportement général des chiens

Nombre de fois que Bouboule, Elvis et Prince se sont arrêtés pour flairer le sol : 991 235 959 326

Nombre de fois que leur laisse s'est enroulée autour de poteaux de téléphone, d'arbres ou de personnes : 57

Nombre de fois que Bouboule, Elvis et Prince sont partis dans des directions différentes en même temps : 839 (ils sont comme la famille Hayes)

Comportement individuel des chiens

Nombre de batailles que Bouboule a engagées contre des chiens deux fois plus gros que lui : 7

Nombre d'écureuils que Prince a fait grimper dans les arbres : 16

Nombre de flaques d'eau dans lesquelles Elvis a sauté : 1

Nombre de personnes sur lesquelles un Elvis ruisselant et plein de boue a sauté : 1

(Indice : Elle a des cheveux roux frisottés et adore écrire. Elle portait aussi un pantalon cargo neuf.)

Mon admiration pour ma meilleure amie s'est considérablement accrue. Jessica promène les chiens deux fois par jour ET elle s'occupe de Geoffroy! (Aujourd'hui, il a craché du lait par le nez.) Jessica doit s'ennuyer de moi encore plus que je m'ennuie d'elle!

Qu'est-ce qui est pire?

1. Recevoir de la crème de blé dans les cheveux ou être traînée à travers champs par un chien excité?

2. Être ligotée par un gamin de quatre ans ou devoir séparer deux chiens qui sont en train de se battre?

3. Recevoir un jet de lait sur son chemisier ou des pattes de chien sales sur son pantalon?

Mais Jessica n'a pas le choix, elle subit tout ça! Je lui consacrerai une page dans le <u>Livre Hayes</u>

des records du monde comme la fille de dix ans la plus vaillante pour mener de front des tâches multiples.

(Répétez ce titre de gloire vingt fois très vite et vous mériterez, vous aussi, une page dans le Livre Hayes des records du monde.)

P.-S. : J'ai décidé de ne pas avoir de chien : c'est trop boueux, un chien, trop baveux aussi et trop fringant. Selon Jessica, je ne suis pas faite pour avoir un chien. Serais-je faite pour avoir un hamster, comme Béthanie? Ou un chat, comme Gloria? Un cochon d'Inde, peut-être? Un canard, un lapin, ou même un ver de terre? Comment pourrais-je le savoir?

Et si j'étais faite pour avoir une personne, hein? Quelle sorte d'animal de compagnie devrais-je alors me procurer?

Il faudrait que j'adopte quelqu'un! *Noooooon!!!* Cela provoquerait une chicane de plus dans nos suggestions de vacances!

P.-P.-S. : Je ne veux pas avoir de chien. Mais j'ai encore envie d'avoir un animal de compagnie. Plus que jamais.

Chapitre 4

Tout dépend de la sorte!

Les meilleurs types d'eau

1. Les piscines
2. Les arrosoirs
3. Les chutes
4. Les bols d'eau pour chats, chiens, hamsters et autres animaux familiers

Les pires types d'eau

1. La pluie froide qui tombe à verse (et nous empêche d'aller à la piscine)
2. La pluie froide qui tombe à verse (et nous force à rester à

l'intérieur d'une grange qui sent le renfermé pendant tout le camp de jour)

3. La pluie froide qui tombe à verse (et nous emprisonne dans la maison avec une famille grincheuse)

P.-S. : Aujourd'hui, pendant toute la durée du camp (soit de 8 h 30 à 14 h 30, six longues heures, ou trois cent soixante minutes, ou vingt et un mille six cents secondes), j'ai fait des boîtes en bâtonnets de bois, des autoportraits en macaroni et de la pâte à modeler à la fécule de maïs. Ouache! Que ferons-nous ensuite? Des bijoux en pain de viande?

P.-P.-S. : Béthanie était bien d'accord avec moi.

P.-P.-P.-S. : Hourra! J'ai une amie au camp de jour. Enfin, en quelque sorte. C'est une camarade de classe et de piscine.

P.-P.-P.-P.-S. : Nous sommes dans la même équipe : les « Danseurs du déluge ». Non, mais pourquoi nous ont-ils donné ce nom-là? Maintenant, tout le monde nous blâme pour le mauvais temps!

P.-P.-P.-P.-P.-S. : J'aime bien ajouter des P à mes P.-S. Combien de temps vais-je pouvoir continuer ainsi?

P.-P.-P.-P.-P.-P.-S. : Plus longtemps que je ne le devrais.

P.-P.-P.-P.-P.-P.-P.-S. : Assez longtemps pour devenir folle.

P.-P.-P.-P.-P.-P.-P.-P.-S. : À moins que cette pluie lugubre ne me rende folle avant.

P.-P.-P.-P.-P.-P.-P.-P.-P.-S. : Ça devient pitoyable.

P.-P.-P.-P.-P.-P.-P.-P.-P.-P.-S. : AAAAAAAAAAAAAAAAAHHH!

Ce n'est pas juste! Il devrait y avoir une loi contre la pluie froide qui tombe à verse en été! (Je vais demander à ma mère si une telle loi existe. Nous pourrions alors intenter un procès au ciel! Poursuivre les nuages!)

Si j'avais un petit animal, je m'amuserais avec lui en ce moment. Je me roulerais en boule avec mon chat sur mon lit. Ou je parlerais à mon perroquet. Ou bien je regarderais mon hamster tourner en rond dans sa roulette. Si j'avais un animal de compagnie, la pluie froide qui tombe à verse ne me dérangerait pas.

Après avoir refermé son journal, Abby demeure quelques instants à fixer le ciel sombre par la fenêtre de sa chambre. Puis elle regarde ses murs couverts de calendriers. Pendant les mois d'été, ils affichent des ciels brillants, des fleurs, des voiliers, des plages et des soleils couchants sur la montagne.

Aucune scène de pluie diluvienne ou de personne détrempée exprimant sa mauvaise humeur. Pourquoi n'y aurait-il pas un calendrier des orages du nord-est, hein? Ou un calendrier de l'ennui ultime? Ou un calendrier des mardis froids et humides? Si elle visite une usine de fabrication de calendriers, au cours de l'été, elle se renseignera là-dessus.

Les soleils éclatants qui tapissent ses murs ne l'aident pas à supporter la pluie qui bat contre ses fenêtres. Abby se lève, s'étire et descend au rez-de-chaussée. Il n'y a personne.

Elle marche lentement jusqu'à la cuisine et se met à ouvrir des armoires. Les mêmes vieux biscuits Graham et les barres granola la fixent. Elle en a assez de tout ça.

— Et en plus, il n'y a rien à manger.

Elle s'affale sur une chaise et soulève machinalement le pot de marmelade que Gloria a rapporté d'Angleterre. Hé! Et si Gloria était chez elle? Abby pourrait peut-être aller jouer avec Guimauve et ses chatons!

Elle attrape le téléphone et compose le numéro de Gloria. Pas de réponse. Pas de réponse chez Jessica non plus. Ni chez Nathalie. (Elle ne s'attendait pas vraiment à ce qu'on réponde.)

Où est donc tout le monde? En train de courir sous la pluie?

Une journée comme aujourd'hui suffirait presque à lui donner envie d'aller à l'école!

Enfin, pas tout à fait. À moins qu'il ne s'agisse du cours de création littéraire de Mme Élizabeth.

Voilà pourquoi elle a besoin d'un animal de compagnie. Avec un petit compagnon, elle ne s'ennuierait pas autant et ne se sentirait pas aussi seule.

Prise d'une idée subite, elle reprend le téléphone.

— Allô? Est-ce que je pourrais parler à Béthanie, s'il vous plaît?

Béthanie attend Abby à la porte.

— Je suis contente que tu aies téléphoné, dit-elle. C'est tellement ennuyant, ici.

— Chez moi aussi, avoue Abby.

Elle enlève son imperméable et le suspend à un crochet dans le vestibule. Elle essuie ses pieds sur le tapis et secoue quelques gouttes de pluie de ses cheveux roux. L'humidité les rend encore plus frisottés que d'habitude.

Béthanie la guide à travers le salon, où trois petites filles aussi blondes qu'elle regardent la télévision. Dans un coin de la pièce, la mère de Béthanie parle au téléphone en passant la main dans sa courte chevelure. Elle salue Abby d'un geste, puis retourne à sa conversation téléphonique.

Béthanie entraîne Abby dans l'escalier qui monte à l'étage.

— Allons dans ma chambre, dit-elle à mi-voix. C'est ici, ajoute-t-elle en ouvrant une porte au bout du couloir.

Le lit est fait bien proprement. Il y a aussi un bureau et des livres disposés sur une tablette. Sur les murs, des affiches de hamsters et de gymnastes, ainsi qu'un portrait encadré de Brianna.

— Voici Blondie, indique Béthanie en désignant une grande cage déposée sur une petite table.

Un hamster doré grassouillet dort dans un coin, couché sur un nid de copeaux de bois.

— Elle dort, dit Abby.

— Elle se réveille quand le soir tombe, explique Béthanie. Puis elle fait des exercices sur sa roulette. Elle court de trois à quatre kilomètres par jour.

— Comme ma mère!

Abby s'étonne que sa mère et les hamsters aient quelque chose en commun.

— Je peux la prendre dans mes mains, dit Béthanie. Au début, elle ne voulait pas. Mais j'ai caressé sa fourrure et je lui ai donné des morceaux de laitue et de persil. Maintenant, elle se laisse prendre et je peux l'amener dans toute la maison. Il faut la tenir tout doucement, ajoute-t-elle. Il ne faut jamais serrer un hamster.

Elles observent la bête endormie pendant quelques secondes.

— Elle est superbe, hein? dit Béthanie.

— Qu'est-ce qu'elle peut faire d'autre? demande Abby.

— Elle me renifle la main, dit Béthanie. Elle fait bouger ses moustaches. Elle lance de mignons petits grincements. Et, une fois, elle s'est échappée de sa cage pour disparaître dans les conduits de chauffage. Ça nous a pris deux jours pour la récupérer.

— Wow! dit Abby en se demandant comment sa famille

réagirait si un hamster s'échappait dans les conduits de chauffage.

Cela provoquerait sans doute une dispute de deux jours sur la meilleure manière de le rattraper.

Béthanie se laisse tomber sur son lit et Abby s'installe dans un fauteuil près de la fenêtre.

— Est-ce que Brianna aime les hamsters?

Abby a du mal à imaginer Brianna dans la chambre de Béthanie.

— Elle n'aime pas du tout leur odeur, répond Béthanie en entortillant une mèche de ses cheveux blonds autour de son doigt. De toute façon, la plupart du temps, on va chez elle. Elle a un lit à baldaquin et sa propre télé, et sa penderie est plus grande que ma chambre.

— Elle en a besoin, avec tous les vêtements qu'elle a!

Béthanie approuve d'un signe de tête.

— Va-t-elle venir à la compétition de plongeon?

— J'espère bien, dit Béthanie. Ça aura lieu pendant la fin de semaine, pas vrai? Donc, elle ne sera pas au camp.

Abby essaie d'imaginer comment elle se sentirait si Jessica et Nathalie étaient absentes toute la semaine. Elle détesterait cela! Elle trouve déjà bien dommage qu'elles ne viennent pas au camp de jour avec elle. Mais au moins, elle les retrouve à la piscine – quand il ne pleut pas, bien sûr.

Elle espère que Béthanie ne se sent pas trop triste de ne pas voir Brianna très souvent.

— C'est toi qui vas gagner la compétition, affirme Abby

pour essayer de lui remonter le moral. Je n'ai jamais vu Mason faire autre chose que des plongeons plats.

Béthanie fronce les sourcils.

— Tu le penses vraiment? demande-t-elle. Alors, pourquoi Tyler mise-t-il sur lui?

Béthanie et Tyler sont de bons copains. Béthanie l'a même invité chez elle, une fois, après l'école.

— Tout simplement pour faire comme Zach, j'imagine. Tu sais comment sont les garçons. Il faut qu'ils se tiennent.

— Ouais! fait Béthanie.

— Tous pour un et un pour tous! récite Abby. Même si Mason ne peut faire que des boulets de canon!

Les deux filles pouffent de rire.

— Tu pourrais écrire un poème sur la compétition de plongeon, suggère Béthanie, et l'offrir au gagnant comme prix.

— Bonne idée!

— Jouons à la bataille, propose Béthanie en sortant un paquet de cartes avec des hamsters dessinés dessus.

Abby regarde par la fenêtre le ciel sombre et triste. Finalement, la journée se déroule mieux qu'elle ne l'avait espéré.

— Aimes-tu tous les animaux? demande-t-elle à Béthanie.

Celle-ci réfléchit un moment.

— Les hamsters, surtout, bien sûr, mais j'aime aussi les chiens, les chats, les grenouilles, les chevaux, les vaches, les lapins, les oiseaux, les cochons, les singes, les serpents, les rhinocéros, les éléphants, les souris, les tortues, les poissons et les écureuils. Mais je déteste les araignées. Elles me donnent la chair de poule!

— Leurs toiles me plaisent bien, dit Abby.

Béthanie frissonne.

— Changeons de sujet, dit-elle en retournant une carte. Le roi de carreau. Peux-tu battre ça?

— J'ai un as! dit Abby.

— Ah! Ça fait mal! dit Béthanie. Ouille!

— Tu veux un pansement? propose Abby en retournant un cinq de cœur.

Béthanie le ramasse avec un six.

— Non, ça va mieux.

La pluie continue de tomber. Blondie somnole dans sa cage.

Abby retourne un valet de pique. Béthanie le ramasse avec une dame.

— J'aime ce jeu! commente-t-elle.

— Ouais, maintenant que tu gagnes! rétorque Abby, taquine.

Elle perd si souvent aux échecs contre Alex qu'elle est toujours surprise quand elle gagne une partie de quoi que ce soit.

Béthanie paraît contente. Avec Brianna comme meilleure amie, elle ne doit pas gagner très souvent, elle non plus.

— Si la pluie cesse, je vais te montrer ma lapine, promet-elle. On a un clapier dans le jardin, derrière la maison. Tu pourras même lui donner à manger.

— Ce serait formidable!

— On a aussi un aquarium à poissons. Mais les poissons rouges sont plutôt ennuyeux, dit Béthanie en croisant les jambes sur son lit.

— Je veux un animal de compagnie avec lequel je pourrai jouer, dit Abby.

Elle retourne un dix de carreau, que Béthanie ramasse avec un valet.

Une affiche sur le mur montre Béthanie vêtue d'un collant, en train d'exécuter des culbutes sur un tapis d'exercices. Au coin supérieur droit est accrochée une petite médaille en argent.

Tandis que Béthanie ramasse encore une de ses cartes, Abby désigne l'affiche du doigt.

— Qu'est-ce que c'est? demande-t-elle.

— J'ai gagné le deuxième prix au concours national de gymnastique, l'année dernière. Mes parents ont agrandi cette photo pour mon anniversaire.

— Incroyable! s'écrie Abby. Je ne savais pas que tu étais une aussi bonne gymnaste. Il va falloir que tu rencontres ma sœur Éva. Elle aussi, c'est une grande athlète.

— J'aimerais bien ça, répond Béthanie en souriant.

Chapitre 5

Croyances absurdes :

1. Abby va trouver un animal de compagnie qu'elle aimera, auquel Alex ne sera pas allergique et qu'elle pourra garder à la maison.

2. La famille Hayes trouvera un projet de vacances qui satisfera tout le monde.

3. Mason gagnera la compétition de plongeon.

Croyances possibles :

1. Abby va trouver un animal de compagnie qu'elle aimera. (Pourra-t-elle le garder?)

2. La famille Hayes partira en vacances. (Y aura-t-il plus d'une personne qui sera contente?)

3. Béthanie va gagner la compétition de plongeon

et tous les garçons en seront très, très malheureux. (Ha! ha! ha! ha! ha!)

<u>Comment obtenir un animal de compagnie (2e partie)</u>

a) Apprendre à manipuler le hamster de Béthanie. Nourrir sa lapine. (Ma mère dit toujours que l'habileté s'acquiert par l'expérience.)

b) Lire les petites annonces dans le journal.

c) Aller faire un tour à l'animalerie.

Rapport sur le hamster :

Mercredi, après le camp de jour, Béthanie m'a montré comment Blondie s'assoit sur ses genoux, le visage tourné vers elle. Sa fourrure est très douce! Béthanie l'a déposée dans une roulette spéciale et la bête s'est promenée partout sur le plancher. On s'est assises et on l'a regardée rouler pendant un très long moment. Ensuite, elle a grignoté sa nourriture, fait des grincements, bougé ses moustaches, reniflé un peu et mâchonné. Puis elle s'est rendormie.

Note à moi-même : Ne pas consacrer à Blondie une page dans le <u>Livre Hayes des records du monde</u> comme l'animal de compagnie le plus excitant entre tous.

Rapport sur la lapine :

Béthanie a aussi un lapin femelle dans son jardin, dont le nom est Binkie. (Si Béthanie avait un troisième animal de compagnie, quel nom lui donnerait-elle? Binnie, Bunnie, Barrie ou Boubou?) J'ai donné à Binkie de la laitue, des feuilles de carotte et du chou. Binkie m'a donné un gros coup de pied et elle a essayé de me mordre la main.

Note à moi-même : Oublions l'habileté acquise par l'expérience! À l'avenir, je vais favoriser l'habileté acquise par l'observation à distance!

Rapport sur les petites annonces et la visite à l'animalerie :

Les chiens, les chats et les chevaux annoncés dans le journal valent des centaines de dollars!

Les animaux de compagnie de l'animalerie doivent recevoir des vaccins. On doit leur acheter des cages et des jouets. Tout cela coûte très cher.

Conclusion :

C'est plus difficile que je le pensais de trouver un animal de compagnie! Mais j'y parviendrai! Rien ne m'arrêtera. Je me mettrai moi-même dans mon <u>Livre Hayes des records du monde</u> comme étant la plus tenace dans une quête pour trouver un animal de compagnie.

Bulletin de météo :

Pluie, ô pluie, cesse de nous décevoir!

Est-il possible de ne plus te revoir?

Je veux retrouver mes amies.

Et m'assurer que Béthanie

S'entraîne pour la compétition

Et qu'elle l'emporte sur Mason!

Le vendredi, la pluie finit par cesser. Après le camp de jour, Abby retrouve ses amies à la piscine. Elle a une proposition excitante à leur faire :

— Mes parents plantent une tente dans le jardin ce soir. Nous faisons un gros souper au barbecue pour célébrer la fin de la pluie et ma mère me permet d'inviter trois amies pour la nuit!

— Ça, c'est amusant! dit Jessica à Nathalie. On l'a fait l'année dernière. Alex voulait dormir dans la tente avec nous. Mais il a eu peur d'un hibou et il s'est réfugié à l'intérieur avant même qu'il fasse noir.

— Il vous suffit de crier OUOUOU! OUOUOU! quand vous le voyez, dit Abby en riant.

Elle étend sa serviette sur une chaise de plage.

— Alors, qu'en pensez-vous? Est-ce que vos parents vont vous laisser venir?

— Ma mère va dire oui, répond Jessica. D'autant plus que c'est la fin de semaine. Et toi, Nathalie?

— Je ne sais pas...

Elle gratte une piqûre de maringouin sur sa jambe. Ses parents sont sévères quand il s'agit de fêtes ou de nuits passées chez des amies.

— Je n'ai même pas de sac de couchage.

— Ne t'en fais pas pour ça, dit Abby. Les Hayes en ont des tas.

— Ils vont peut-être me donner la permission, dit Nathalie lentement, si je promets de dormir au moins six heures.

Jessica et Abby échangent un regard.

— L'année dernière, on a veillé pas mal tard, la prévient Abby. On avait des bandes dessinées, des lampes de poches et plein de nourriture. Mon père appelle ça le Camping Hayes. Lui et ma mère viennent souvent vérifier si tout va bien.

— Je le dirai à mes parents, dit Nathalie.

Elle fouille dans sa poche et en sort une pièce de vingt-cinq cents.

— Je vais les appeler du téléphone public pour leur demander la permission.

— Et qui sera la troisième personne? demande Jessica tandis que Nathalie s'éloigne. Alex, encore une fois?

Abby désigne Béthanie qui, au bout du tremplin, se concentre avant de plonger. Les deux copines la regardent lever les bras au-dessus de sa tête et plonger dans l'eau avec élégance.

— Savais-tu que Béthanie avait gagné une médaille

d'argent dans un concours national de gymnastique? demande Abby. Je parie que Brianna n'a jamais fait ça!

— Tu vas inviter Béthanie? demande Jessica.

— Mais oui, pourquoi pas?

— Elle est gentille, mais...

— Mais quoi?

Jessica ne répond pas.

— C'est à cause de Brianna que tu hésites? demande Abby.

— Peut-être bien.

— Ce n'est pas juste de juger les gens à leurs amis!

Abby est surprise. Jessica se montre habituellement amicale envers les autres.

— Tu as raison, marmonne Jessica. Oublie tout ça.

Les deux filles tournent les yeux vers le tremplin où Mason vient de monter. Il s'avance vers l'extrémité, puis il se met en position groupée et fonce dans l'eau comme une bombe. Sur le bord de la piscine, Tyler et Zach applaudissent à tout rompre.

— Étrange! commente Abby. As-tu déjà vu Mason faire autre chose que des plongeons plats ou des boulets de canon?

— Non. Mais qu'est-ce qu'il y a d'étrange là-dedans?

— Zach et Tyler semblent tellement certains que c'est lui qui va gagner.

— Tu crois qu'il s'exerce à plonger en secret?

Abby hoche la tête.

— Mais où? demande Jessica. Il est toujours ici. Regarde. Le voilà maintenant qui dévore une barbotine. En faisant tout le bruit qu'il peut!

Nathalie revient vers ses amies en courant.

— Hé! crie-t-elle. Mes parents ont dit oui!

Elle a un sac de maïs soufflé dans la main et elle est si excitée que les grains volent partout.

— FORMIDABLE! s'écrient Abby et Jessica en lui sautant au cou.

Le sac de maïs soufflé se vide encore un peu plus.

— J'ai dû promettre de dormir, dit Nathalie.

Elle prend une poignée de maïs et passe le sac à ses amies.

— Ou alors, reprend-elle, je devrai faire semblant d'être très réveillée demain.

— Tu es bien capable! s'écrie Jessica. Après tout, tu es la meilleure actrice de la cinquième année.

— Après Brianna, intervient Béthanie, qui s'est approchée des trois amis.

Elle a passé une serviette autour de sa taille. Elle tortille ses lunettes de nage tout en parlant.

— Brianna est une vraie bonne actrice, reconnaît Abby. Elle et Nathalie ont volé la vedette pendant le spectacle de *Peter Pan*.

Nathalie appuie la remarque d'un signe de tête, mais Jessica demeure silencieuse.

Abby respire un bon coup.

— J'invite quelques amies à dormir sous la tente dans mon jardin, cette nuit, dit-elle à Béthanie. Jessica et Nathalie vont venir. Veux-tu venir aussi?

Le visage de Béthanie s'illumine.

— Oh oui! J'aimerais bien ça!

— Est-ce que tes parents te donneront la permission? demande Nathalie en lui offrant du maïs.

— Bien sûr! Je dors tout le temps chez Brianna. Vous devriez voir la super chambre qu'elle a!

Béthanie glisse les pieds dans ses sandales et ramasse son sac de plage.

— Je dois partir; j'ai promis à ma mère de m'occuper de mes petites sœurs fatigantes pour une heure, aujourd'hui, dit-elle. À plus tard!

Abby prend son tube d'écran solaire et en met sur ses épaules.

— À propos de sœurs fatigantes... dit-elle.

— Tes super-grandes-sœurs vont-elles être là, ce soir? demande Nathalie.

— Bien sûr! fait Abby dans un soupir très dramatique. À moins qu'elles ne soient invitées à fêter ou à dormir chez leurs propres amies.

Jessica fixe le sol.

— Qu'est-ce qu'il y a? lui demande Abby.

— Pourvu que Béthanie ne passe pas la nuit à nous casser les oreilles avec les exploits de Brianna! éclate Jessica. Je ne pense pas pouvoir le supporter!

— Elle ne fera pas ça, assure Abby. En tout cas, elle ne l'a pas fait quand j'étais chez elle.

— Vous devriez voir la super chambre qu'elle a! nasille Jessica en imitant Béthanie.

— Elle a tout, sauf une piscine, dit Abby. C'est vrai que ça doit être super.

— Je ne peux pas croire que tu as dit ça, Abby Hayes!

— Béthanie est vraiment gentille, c'est toi-même qui l'as dit, rappelle Abby à sa meilleure amie. Tu te souviens?

— Je ne pensais pas que tu l'inviterais à dormir avec nous au Camping Hayes!

— Eh bien, je l'ai invitée!

— Une chicane! Une chicane! s'écrie Zach, jubilant.

Tyler et lui s'approchent des filles.

— On ne se chicane pas, on discute de notre nuit de camping, marmonne Jessica en fuyant le regard d'Abby.

— Vous campez, cette nuit? Où ça? demande Tyler en s'emplissant effrontément la bouche à même le sac de maïs de Nathalie.

— On plante une tente dans mon jardin, explique Abby. On ne dormira pas de la nuit.

Les deux garçons se regardent.

— Eh bien, amusez-vous pendant que vous le pouvez!

— Ça veut dire quoi, ça? demande Nathalie.

— Attendez que Mason gagne la compétition! Vous verrez bien.

— Avez-vous des yeux? rétorque Abby. Avez-vous vu Béthanie plonger?

— Elle n'est pas mal, fait Zach en haussant les épaules.

— Elle plonge beaucoup mieux que Mason!

— Et alors?

— Comment peut-il espérer gagner? demande Jessica.

Zach et Tyler partent à rire.

— Ne sous-estimez jamais la puissance des garçons!

— Ah, la puissance des garçons va en faire un meilleur plongeur? raille Abby.

— Vous avez tout compris.

Tyler essaie de piquer une autre poignée de maïs du sac de Nathalie, mais celle-ci le retire vivement hors de sa portée.

Les deux garçons s'éloignent en riant.

Abby plisse le front.

— Ils n'arriveront jamais à transformer Mason en un meilleur plongeur en l'espace d'une semaine. Qu'est-ce qu'ils manigancent?

— Un double qui plongerait à sa place? dit Nathalie.

— Un entraînement secret? suggère Jessica.

Abby secoue la tête.

— Ils complotent quelque chose. Il faut qu'on trouve ce que c'est.

Chapitre 6

Non, le sommeil n'est pas chéri d'un pôle à l'autre dans cette tente! Nous voulons rester éveillées aussi tard que possible! Et celle qui ne fermera pas l'œil de la nuit méritera un prix! (On n'a pas encore décidé quoi.)

21 h 45 En direct du Camping Hayes!

Voici maintenant un rapport provenant de la tente familiale des Hayes, dressée entre le jardin floral et les plants de tomates. Quatre filles en pyjama disputent une partie de cartes, assises en rond. On ne peut pas encore dire qui va être

la grande gagnante, mais c'est entre Béthanie et Jessica que ça se joue. (Ce qui est très évident, c'est que ni Nathalie ni Abby ne vont gagner.)

Pour souper, nous avons mangé des hot-dogs, des hamburgers, de la salade de pommes de terre et du melon d'eau. Béthanie a apporté ses propres hot-dogs au tofu. Elle aime tellement les animaux qu'elle est devenue végétarienne. (Elle mangerait probablement des burgers aux araignées si un tel mets existait.)

Béthanie nous a appris qu'on pouvait faire des pains de viande au tofu, des pâtés de poisson au tofu, du pain et des biscuits au tofu, et même de la crème glacée au tofu.

Ouache!

(Question : Comment une chose qui ressemble à un carré flasque de gélatine blanche peut-elle goûter la viande, le poisson, les grains de blé ou la crème glacée? Voilà un mystère de la science. Deuxième mystère : Comment expliquer que quiconque en mange?)

Pendant le souper, Nathalie a expliqué à la famille Hayes où en étaient ses expériences de chimie. Béthanie a parlé de Blondie et de Binkie. Jessica a raconté la toute dernière bêtise de Geoffroy : il a fait voguer ses bateaux dans la toilette aujourd'hui.

Quel coup de génie de la part d'Abby H. d'avoir invité Béthanie au Camping Hayes! Celle-ci n'a pas arrêté de parler d'animaux – comme les animaux de compagnie sont adorables et comme c'est agréable d'en prendre soin! Elle a expliqué qu'elle les lave, les nourrit et joue avec eux sans l'aide ni de sa mère ni de son père. Les parents Hayes ont été vraiment très impressionnés.

Ouais, Béthanie! Ouais, Béthanie! Ouais, Béthanie!

Après le souper, Éva a organisé une partie de volleyball. Ensuite, Paul Hayes a fait jaillir l'eau au bout du tuyau d'arrosage et les filles ont couru sous le jet pour se rafraîchir. Après ça, on s'est tous assis sur la terrasse pour chanter. Puis Alex a mis les quatre campeuses au défi de l'affronter aux échecs. (Elles ont perdu.) Et enfin, Isabelle a fait du maïs soufflé pour tout le monde.

Vive le Camping Hayes! C'est le meilleur!

Idée de vacances : Si personne ne s'entend sur l'endroit où aller, on reste chez nous et on campe dans le jardin pendant une semaine!

Alex trouve l'idée formidable. Si nous sommes deux à être d'accord, est-ce que ça brise l'égalité?

* * *

22 h 18 Nous vidons le contenu de nos sacs à l'intérieur de la tente. Qu'est-ce que chacune a apporté (à part les brosses à dents, les sous-vêtements propres et les autres trucs ennuyeux)?

Béthanie : des bonbons, des brillants pour le visage, des objets décoratifs pour les cheveux, du vernis à ongles, un miroir, un paquet de cartes et des photos de Blondie.

Nathalie : des bonbons, des livres, une lampe de poche puissante et un magnétophone pour enregistrer les sons de la nature.

Jessica : des bonbons, un inhalateur pour asthmatiques, un télescope, une tablette à dessin et son toutou en peluche préféré.

Abby : des bonbons, des boucles d'oreilles, trois calendriers et - bien sûr! - son journal mauve.

22 h 19 On mange des bonbons.

22 h 27 Béthanie nous fait les ongles.

22 h 44 On mange des bonbons.

23 h 2 Jessica esquisse des dessins amusants de nous quatre, de nos camarades de classe et de nos familles.

23 h 11 On mange des bonbons.

23 h 39 Nathalie fait des imitations des garçons de la classe : Tyler à son ordinateur et Zach qui amasse des codes pour tricher. Elle récite l'alphabet en rotant à la manière de Mason! (Peut-être qu'après la compétition de plongeon, on devrait avoir une compétition de rot?)

23 h 44 On mange... (vous savez quoi!)

23 h 46 Discussion sur les animaux de compagnie. Je sors mes annonces classées. Je les relis une autre fois avec Nathalie, Jessica et Béthanie. Au cas où...

23 h 47 Aucun animal de compagnie à moins de 300 $ dans le journal, aujourd'hui.

23 h 48 Nathalie repère une offre : lapins gratuits pour bon foyer. Je me rappelle mon expérience avec Binkie et je secoue la tête.
Non, merci.

23 h 49 Non mais, comment vais-je pouvoir trouver un animal de compagnie? Est-ce que j'aurai, un jour, l'occasion de montrer à ma famille que je peux en prendre soin toute seule? Les perspectives ne semblent pas très encourageantes. Suis-je sur le point de sombrer dans le désespoir?

23 h 50 Béthanie s'écrie soudain : « Je vais t'emmener chez Lily! »

Lily est une amie de Béthanie qui a dix-huit animaux de compagnie! Elle recueille les bêtes en détresse et, qui sait, elle en a peut-être une qui a besoin d'un foyer? Si je promets d'en prendre bien soin, Lily va me la donner.

23 h 54 Hourra, Béthanie! Hourra, Béthanie! Hourra, Béthanie! Que j'ai donc hâte de lui rendre visite, à cette Lily! Béthanie prévoit y aller dimanche.

0 h Minuit! On est dehors, en pyjama et les pieds nus, à regarder les étoiles dans le télescope de Jessica. Nathalie installe son magnétophone.

Selon elle, le ciel nocturne ressemble à un grand jeu électronique. En ce cas, Zach et Tyler ont probablement des codes pour tricher à celui-là, aussi.

0 h 15 Course à travers le jardin, jeux de poursuite dans le noir. Envolées dans les balançoires.

0 h 56 De retour dans la tente. Les lumières se sont éteintes dans la maison des Hayes. Tout le monde doit être au lit, même Isabelle qui, parfois, passe la nuit debout. Une dernière fois, maman vient vérifier si tout va bien dans la tente.

– Les filles, dormez un peu!

Nombre de papillotes de bonbons que nous avons

fait disparaître en l'entendant venir : des centaines!

Nombre de ricanements étouffés quand elle nous a dit de dormir : des douzaines!

Nombre de promesses de dormir faites avec les doigts croisés : 4

1 h 30 Nathalie s'est endormie, un livre ouvert sur le visage. Elle a dû s'assoupir au milieu d'une phrase.

Trois personnes demeurent éveillées : moi, Jessica et Béthanie.

2 h 1 On mange des bonbons.

3 h 18 Béthanie nous raconte des histoires terrifiantes à propos de têtes coupées. Elle n'a pas aussitôt fini que nous entendons des hululements macabres à l'extérieur de la tente.

– On dirait des loups, chuchote Béthanie.

Panique et terreur dans la tente! Des loups pourraient-ils y pénétrer par effraction ou nous dévorer à travers la moustiquaire? Est-ce nous qu'ils veulent manger?

Nous nous regardons, les yeux pleins de larmes.

– Je m'excuse d'avoir pensé que tu étais un clone de Brianna, dit Jessica à Béthanie. J'avais peur que tu passes ton temps à fanfaronner.

– Vous êtes toutes plus gentilles que le pense

Brianna, nous confie Béthanie.

– Je regrette d'avoir mangé autant de bonbons, dis-je, la main sur le ventre.

Les loups s'approchent encore. On s'empare de toutes les armes à portée de la main. Béthanie prend une brosse à cheveux et un miroir. Jessica rassemble les bonbons qui restent (pour distraire les bêtes affamées) et moi, j'attrape le livre qui a glissé du visage de Nathalie.

– À l'assaut! siffle Jessica entre ses dents, et nous nous ruons bravement hors de la tente.

3 h 41 Toujours vivantes! Saines et sauves dans la tente. Pas de loups dans les parages. Plutôt trois silhouettes de garçons (qui ressemblaient étrangement à Mason, Tyler et Zach) qui ont pris la poudre d'escampette quand j'ai lancé le livre dans leur direction.

Question : Qui étaient-ils?

Question : Qu'est-ce qu'ils faisaient là?

Question : Qu'est-ce qu'ils faisaient là à 3 heures du matin?

5 h 56 Après deux heures de discussion au sujet de ces trois questions, nous n'avons pas trouvé de réponse!

6 h 2 Nathalie dort toujours. Jessica ferme

lentement les yeux, puis les rouvre aussitôt.

6 h 18 Nous sommes fatiguées, mais pas question de nous endormir maintenant!

6 h 19 Nous enlevons notre vernis à ongles et en remettons du neuf.

6 h 34 Et encore.

6 h 55 Et encore.

7 h 22 Et en... mais non, on oublie tout ça.

7 h 29 Nathalie se réveille. Nous entrons dans la maison pour préparer des gaufres aux bleuets. Nous décidons que c'est le prix que nous méritons pour avoir passé une nuit blanche, et celui que mérite Nathalie pour avoir dormi à travers tous les événements nocturnes.

Papa boit du café, assis à table. Lui et maman ont dormi comme des bûches de 1 h à 7 h. (Question : Pourquoi comme des bûches? Pourquoi pas comme des feuilles? Ou comme des aiguilles de pin?)

Il n'a pas entendu les hurlements des loups. Il ne sait rien de notre courageuse défense du Camping Hayes. Mais il n'est pas surpris que nous soyons restées éveillées toute la nuit!

Kilos de bonbons que nous avons mangés : 3

Histoires de fantômes que nous nous sommes

racontées : 18

Parties de cartes que nous avons jouées : 39

Nombre d'heures pendant lesquelles nous avons dormi (sauf Nathalie) : 0

9 h 35 La nuit au Camping Hayes est terminée. Ou plutôt, la nuit blanche au Camping Hayes, comme dit maman. Nathalie est la seule à avoir eu un peu de sommeil. (C'est une bonne chose! Comme ça, ses parents ne seront pas fâchés et lui permettront peut-être même de recommencer.)

9 h 36 Je ne suis pas fatiguée du tout! Je vais seulement écrire encore un peu dans mon journal avant d'aller patiner avec Ale...

Chapitre 7

Qui voudrait faire ça? Si on planifiait l'avenir à l'aide du passé, on referait les mêmes choses encore et encore.

Aujourd'hui sera différent d'hier. Aujourd'hui, je serai éveillée!

Hier, après le départ de mes amies, j'ai dormi le reste de la journée et toute la nuit suivante! Je m'inscrirai dans le Livre Hayes des records du monde pour le somme le plus profond après une nuit blanche avec des copines.

Aujourd'hui, je vais rendre visite à Lily, l'amie de Béthanie, ainsi qu'à ses dix-huit animaux de compagnie. Qui sait si elle n'en a pas un de surplus pour moi?

Le camion tourne dans l'allée et s'immobilise.

— Nous y voilà, les filles! annonce le père de Béthanie.

Il leur a fallu rouler pendant une heure pour arriver à la campagne. Ici, le long des routes étroites et peu fréquentées, les maisons sont isolées les unes des autres. Tout autour s'étendent des prés herbeux bordés d'arbres. Là-haut, sur la colline, trône une maison rouge entourée de potagers.

Le père de Béthanie étend le bras pour ouvrir la portière.

— Attention en descendant, dit-il à Abby. Tu tombes de haut.

Abby détache sa ceinture de sécurité et bondit sur le sol.

— Merci de nous avoir amenées! dit-elle.

— Salut, papa! dit Béthanie, qui saute à son tour et claque la portière.

Son père fait la grimace.

— Oups! Désolée, j'ai oublié. Il déteste quand la portière claque, explique Béthanie à Abby.

Le camion recule lentement jusqu'à la route. Il est chargé de bois que le père de Béthanie s'en va livrer à un cousin. Béthanie lui fait un signe de la main et les deux filles s'engagent dans le sentier qui mène à la maison sur la colline.

Une porte s'ouvre toute grande. Cinq chiens de formes et de grosseurs diverses s'élancent sur le perron.

Béthanie les salue un par un :

— Allô Boum! Allô Tacheté! Allô Avril! Allô Étincelle! Allô Gamine!

Les chiens l'accueillent par des jappements enthousiastes,

leur queue s'agitant en tous sens. De l'intérieur de la maison, des grincements bruyants leur proviennent.

— Lily a trois oiseaux, cinq chiens, deux vaches, une chèvre et sept chats, dit Béthanie, le regard pétillant. Mais celui qui fait tout ce vacarme, c'est l'ara.

Une petite chèvre brun pâle s'approche des deux filles.

— Voici Marguerite. Elle est très amicale. Elle ne mord pas et ne donne pas de coups de cornes comme les autres chèvres.

Abby étend la main pour toucher la tête de la chèvre et tâter son poil rude.

— Toutes les bêtes de Lily sont amicales, dit Béthanie. Certaines sont presque humaines.

Abby a très hâte de rencontrer Lily. Elle n'a jamais vu autant d'animaux vivant au même endroit en dehors d'un zoo. Aucun ne paraît méchant, ni apeuré, ni sale non plus. Lily accueille les bêtes abandonnées et leur donne un foyer. Béthanie lui a raconté tout cela pendant la randonnée en camion.

Abby se demande comment Lily trouve le temps de faire ses devoirs, de jouer au soccer, de patiner ou de participer aux spectacles de son école. Et elle doit être trop occupée à soigner ses animaux pour aller dormir chez ses amies.

Une dame d'un certain âge, les cheveux gris ramassés en une queue de cheval, sort de la maison. Elle porte un maillot de bain bleu et un short rouge. Ses pieds sont nus dans des sandales.

— Ah, tu es arrivée! dit-elle en souriant. Mona a hâte de te voir.

Elle tourne les talons et se dirige vers l'arrière d'un pas décidé.

— Viens! dit Béthanie en entraînant Abby par le bras.

— Qui est Mona? veut savoir Abby. Et où est Lily?

Béthanie désigne la femme devant elles.

— C'est elle!

— Mona?

— Non, Mona, c'est la vache. Lily, c'est la femme.

Abby trébuche et manque de tomber. Lily n'a pas dix ans. Elle a les cheveux gris. « Elle est plus vieille que maman! » songe Abby. Béthanie a une amie adulte!

Abby connaît peu d'élèves de cinquième année qui ont des amis adultes. Gloria est bien son amie, à elle, mais Gloria est à peine plus vieille que ses deux sœurs jumelles.

— Regarde! dit Béthanie, d'une voix remplie de fierté et d'admiration.

Un peu plus loin, Lily s'est arrêtée au milieu d'un champ, auprès d'une vache en bonne santé et au poil soyeux qui lui caresse la main du museau.

— Je l'ai eue quand elle n'était qu'un bébé, explique Lily lorsque les filles la rejoignent. Je l'ai nourrie au biberon. C'est un mélange de Jersey et de Holstein. Ce n'est pas une vache laitière. Le fermier l'aurait envoyée se faire engraisser pour ensuite être transformée en dîner.

— C'est à cause de Mona que je ne mange plus de viande, confie Béthanie à Abby. Elle est magnifique, hein?

Mona soulève la tête et tourne vers Béthanie ses yeux sombres et brillants. Comme si elle comprenait ce qui vient de se dire, elle frotte sa tête contre les hanches de la jeune fille.

— Elle me dit bonjour! s'écrie Béthanie, ravie.

Son pantalon est taché là où Mona s'est frottée, mais Béthanie ne semble pas s'en faire.

— Elle est très contente de te voir, lui dit Lily. Elle s'est ennuyée de toi.

— Caresse-la, suggère Béthanie à Abby. Elle adore se faire frotter dans le cou.

Abby flatte le cou de la vache, qui est doux et lisse. « Est-ce que Mona viendra se frotter la tête contre ma jambe à moi? » se demande-t-elle.

Eh bien non!

— Si tu reviens un autre jour, elle te reconnaîtra, assure Béthanie. C'est seulement la deuxième fois qu'elle m'accueille comme ça.

— Est-ce que Mona accueille Brianna quand elle vient? veut savoir Abby.

Elle essaie d'imaginer Brianna qui laisserait une vache – même propre, jolie et amicale comme Mona – se frotter la tête contre son pantalon. Mais elle n'y arrive pas.

Béthanie détourne le regard.

— Brianna n'est jamais venue ici, dit-elle.

— Ah bon.

Elle a de la peine pour Béthanie. Jessica et elle n'ont pas les mêmes intérêts, mais elles s'intéressent aux passions l'une de l'autre. Béthanie sait tout de Brianna, mais celle-ci ne semble pas savoir grand-chose de Béthanie.

Un veau blanc tacheté de noir s'amène à petits pas vers les filles.

— Voilà mon bébé! roucoule Lily. Salut, Martha!

— Qu'est-il arrivé à son nez? demande Béthanie.

Le veau a un nez rose et moucheté qui semble fragile et douloureux.

— Elle a attrapé un petit coup de soleil, répond Lily. Elle n'a pas encore compris qu'il faut éviter les rayons trop forts.

Elle tend les doigts vers la génisse, qui se met à les téter comme s'il s'agissait d'une sucette.

— Je la frotte avec de la crème solaire et je m'assure qu'elle reste à l'ombre.

— Wow! Je ne savais pas que les vaches pouvaient avoir des coups de soleil, dit Abby.

— Eh bien oui! affirme Lily en retirant doucement ses doigts de la bouche de l'animal. Martha n'est encore qu'un bébé et elle continue d'apprendre.

Lily a des taches blanches et laiteuses sur la main et sur le poignet.

* * *

— Vous devriez voir les chiens de Lily! dit Abby à sa famille, plus tard dans la journée, tandis que la famille Hayes se délecte de crème glacée et de framboises sur la terrasse arrière. Ils sont formidables. Il y a une chienne qui est toute blanche, à l'exception d'une tache noire sur son œil gauche! Elle m'a fait des grimaces tellement comiques!

Après une heure chez Lily, Abby s'est remise à aimer les chiens. Elle aime tous les animaux. Ceux de Lily sont si heureux et enjoués – même les vaches! Mona et Martha sont tellement douces et affectueuses; leurs yeux, si expressifs. Ah! qu'Abby voudrait donc... qu'elle voudrait donc... Elle aimerait tellement...

— Est-ce qu'on pourrait garder une vache dans le jardin? demande-t-elle.

— Une vache, tu dis? fait sa mère, incrédule.

— Ici, derrière la maison? enchaîne son père.

— Es-tu folle? s'écrie Éva. Sais-tu tout ce que ça mange, une vache?

— Et tout le fumier que ça produit! renchérit Isabelle.

— Je ne veux pas de vache dans le jardin! gémit Alex.

— Bon, d'accord! dit Abby.

Elle comprend qu'il vaut mieux céder quand elle est seule contre cinq.

Elle prend une autre bouchée de crème glacée et de framboises.

— Je disais ça juste pour rire, de toute façon, marmonne-t-elle.

La visite chez Lily n'a pas réglé son problème. Elle n'en a pas rapporté d'animal de compagnie. Et, à en juger par la réaction de sa famille, c'est une bonne chose. Cela aurait causé tout un émoi si elle avait bel et bien ramené une vache! Ou une chèvre! Ou un ara! Ou même cette chienne blanche avec la tache noire!

Olivia Hayes tape dans ses mains pour obtenir l'attention.

— On doit reparler de nos vacances en famille, dit-elle. Avez-vous de nouvelles suggestions?

Isabelle se lève.

— Alex et moi, on en a parlé, hier, annonce-t-elle. Nous avons décidé de combiner nos projets. J'aimerais beaucoup aller dans un musée des sciences et de la technologie, et Alex dit qu'il veut visiter les champs de bataille du temps de la Révolution.

— Ouais! confirme Alex.

— Donc, notre idée l'emporte, conclut Isabelle. Nous avons une majorité indéniable.

— Ne crie pas victoire si vite! intervient Éva, qui dépose sa cuillère pour mieux défier sa sœur du regard. Maman et moi, on s'est parlé, aussi! On a trouvé un nouveau projet qu'on adore toutes les deux : nous allons tous faire de l'escalade de montagne.

Abby regarde sa famille avec consternation. Elle a été tellement occupée qu'elle n'a même pas pensé aux vacances. Pendant ce temps, sa mère et Éva, ainsi qu'Alex et Isabelle, ont conclu des alliances, ce qui la laisse toute seule de son côté. Ses espoirs de vacances s'envolent en fumée.

— Ne t'inquiète pas, lui chuchote son père à l'oreille en lui serrant le bras.

Il se racle la gorge et prend la parole :

— J'ai fait des recherches dans Internet. J'ai trouvé une plage merveilleuse pas très loin de chez grand-maman Emma. Je pourrais me détendre, Abby pourrait visiter sa grand-mère, et vous quatre, vous pourriez trouver des musées, des boutiques d'antiquités, ainsi que des sentiers de randonnée. Qui sait, on dénicherait peut-être même un magasin de calendriers dans les environs.

Il affiche un sourire triomphant, comme pour mettre les autres au défi de trouver une faille dans son projet.

— Sans compter que grand-maman Emma est ma parente par alliance préférée, ajoute-t-il.

— Oui! Oui! s'écrie Abby en se jetant au cou de son père.

— Non! s'écrient Isabelle, Alex et Éva.

Olivia Hayes secoue la tête.

— Je ne suis pas d'accord, Paul, dit-elle. Je voudrais bien me tromper, mais il me semble que plusieurs détails t'ont échappé...

Des objections s'élèvent de toutes parts.

Abby en a mal à la tête. Est-ce que quelqu'un a déjà fait une fugue à cause d'un ras-le-bol de dispute autour des vacances familiales?

Abby prend son journal et l'ouvre sur ses genoux, sous la table.

Avant, on avait six personnes et six projets. On a maintenant six personnes, mais seulement trois projets. Est-ce que ça va faciliter pour autant le choix de vacances de la famille Hayes?

Devinez la bonne réponse et gagnez un voyage gratuit sur une île déserte!

Les Hayes devraient-ils tous partir séparément pour des îles désertes? Ça ne me dérangerait pas d'être naufragée sur une île lointaine, pourvu qu'elle soit peuplée d'animaux de compagnie!!!

Chapitre 8

J'ai fait ce que j'avais peur de faire. Non, ça n'a rien à voir avec les araignées, les compétitions de plongeon ou les combats contre les « loups ». Ce que j'ai fait est beaucoup plus grave. J'avais tellement peur que je n'avais jamais imaginé pouvoir le faire pour vrai.

J'ai adopté un animal de compagnie.

À l'insu de ma famille et sans sa permission.

Six étapes faciles pour obtenir son propre animal de compagnie

1. Passer devant la maison de Gloria.

2. La saluer de la main quand elle sort sur le balcon.

3. Accepter quand elle vous invite à jouer avec les chatons - « los gatitos » - de Guimauve à l'intérieur de la maison.

4. Tomber amoureuse d'un minou gris aux yeux bleu pâle qui ronronne chaque fois qu'il approche de vous.

5. Tendre une oreille sympathique quand Gloria vous raconte à quel point c'est difficile de trouver de bons foyers pour les chatons de Guimauve.

6. Offrir généreusement d'en apporter un à la maison.

P.-S. : Quand Gloria s'inquiète de savoir si vos parents sont d'accord, sourire et faire un petit hochement de tête qui signifie pas de problème. Ne mentez pas, mais ne dites pas tout à fait la vérité non plus. Demeurez dans ce que mon père appelle la « zone grise ». Tiens, serait-ce un bon nom pour un chaton? Zone grise. Non. Ce n'est pas assez mignon ni câlin. (On dirait un plancher de salon.)

Je pense que je vais l'appeler Secret. Ou alors Grisou. Ou peut-être Georges. Ou...

Le nom n'est pas important. J'ai mon propre chaton! Ouais! Hourra! Et dire qu'il m'attendait à la porte voisine!

Les choses que j'aime de mon chaton

1. Son ronron
2. Quand il s'assoit sur mes genoux
3. Quand il joue avec moi
4. Sa fourrure grise toute soyeuse
5. Ses yeux bleu pâle
6. Sa petite langue rose
7. Sa longue queue qui bat

Je vais le dire à mes parents TRÈS BIENTÔT. Ils vont voir à quel point il est adorable! Ils vont voir que j'en prends très bien soin! Ils vont me permettre de le garder. Entre-temps, je garde le contrôle de la situation. Je m'occupe de mon propre chaton, toute seule et sans aide!

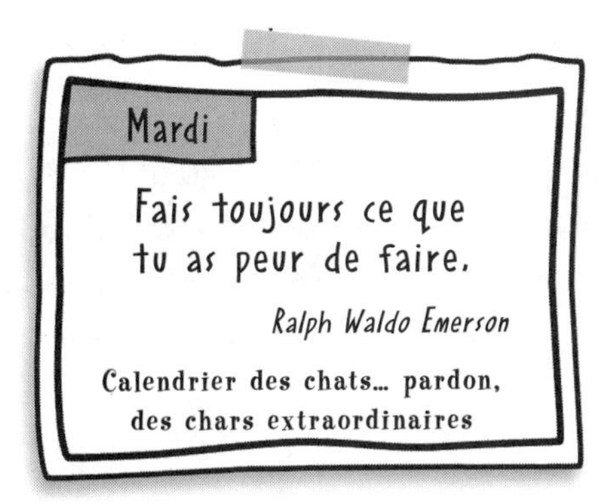

(Je n'ai pas eu le temps de trouver une nouvelle citation, j'ai bien trop de travail avec mon chaton.)

<u>Choses que j'ai faites
et que j'avais peur de faire</u>

1. J'ai adopté un chaton.

2. Je l'ai caché dans ma chambre.

3. Je lui ai acheté une litière, de la nourriture, des plats pour manger et des jouets, et j'ai monté tout ça dans ma chambre sans que ma famille s'en aperçoive.

4. J'ai déposé dans le frigo les boîtes ouvertes de nourriture pour chaton.

5. J'ai prétendu que c'était une surprise pour Béthanie.

<u>Choses que je n'ai pas faites
et que je n'ai pas peur de faire</u>

1. Je n'ai pas trouvé de nom pour mon chaton. Comment vais-je donc l'appeler? Yum-Yum? Câlin? Nono? Pouding? Flocon? Coquin? Irma? Billy Bob? Charmant? Samantha? Cyrile? Albertine? Lion mauve? Pour l'instant, je l'appelle Chaton.

Choses que je n'ai pas faites et que j'ai peur de faire

1. Je n'ai pas parlé de Chaton à mes parents.

Atchoum!

La nuit dernière, Alex a éternué pas mal. Est-ce à cause du pollen? Ou des poils de chats qui flottent dans l'air?

Je me sens très coupable. Si coupable que j'ai presque accepté de visiter un musée des sciences et de la technologie pendant nos vacances!

Mais je n'ai pas encore parlé de mon chaton à maman et à papa.

P.-S. : Nathalie a téléphoné. Je me demande ce qu'elle veut. Je suis trop occupée pour la rappeler.

Mercredi

Fais toujours ce que tu as peur de faire.

Ralph Waldo Emerson

Calendrier des boîtes de nourriture pour chat

(Juste une petite farce, ha! ha! En fait, c'est toujours le calendrier des chars extraordinaires.)

Pourquoi?

Une fois qu'on a fait ce qu'on avait peur de faire, on est obligé de faire autre chose qu'on a encore plus peur de faire! Comme d'avouer la vérité à ses parents.

Combien de temps vais-je encore pouvoir garder mon secret?

Si personne n'a encore remarqué la présence de Chaton, c'est seulement parce que les membres de la famille Hayes sont si occupés qu'ils ne sont jamais à la maison.

Enfin, bon... Aucun désastre ne s'est produit jusqu'ici! Je prends bien soin de Chaton. Lily sera fière de moi. Ainsi que Béthanie. Et toute ma famille, bien sûr.

Chaton me réveille le matin en me sautant sur la tête et en s'embourbant dans mes cheveux (qui sont bien assez embroussaillés sans ça)!

Ce matin, il m'a enfoncé les griffes dans le visage, en plus.

– AAAAAAAÏÏÏÏÏÏÏÏÏE!

Papa (frappant à ma porte) : Tout va bien, Abby?

Moi (cachant Chaton sous mes couvertures) : Oui!

Chaton : Miaou!

Papa : Qu'est-ce que j'entends?

Moi : Qu'est-ce que tu quoi?

Chaton : Miaou!

Papa : Ça!

Moi : Oh, ça! C'est un nouveau disque que Gloria m'a prêté.

Chaton : Miaou!

Papa : Intéressant, comme son!

Il descend au rez-de-chaussée préparer le déjeuner.

Je l'ai échappé belle!

Je ne dois pas laisser mes parents découvrir Chaton accidentellement. Voilà le genre de nouvelles qui rendent les parents furieux. Ils virent au rouge violet, puis ils se mettent à cracher a) de mécontentement, b) de colère et c) d'indignation. Il faut que je les prépare soigneusement. À moi de trouver l'astuce pour les convaincre que ce qu'ils veulent par-dessus tout, c'est un chaton!

Nombre de câlins que m'a faits Chaton : 324

Nombre d'égratignures : 12

Nombre d'accidents (ne me demandez pas de précisions) : 5

Nombre de mensonges que j'ai dits à cause

de Chaton : 126

Montant que j'ai dépensé pour Chaton jusqu'ici : 48,37 $

(Oh! oh! Mes réserves s'épuisent. Est-ce que je vais être obligée d'aller garder Geoffroy pour nourrir mon chaton?)

Nombre de fois que j'ai nettoyé la litière pour que ma chambre n'empeste pas : 7

Nombre de bombes aérosol que j'ai vidées : 2

J'ai trouvé un nouveau nom pour Chaton : Problème.

(Nathalie a encore téléphoné! Il ne faudrait pas que j'oublie de la rappeler.)

Ça suffit! J'ai compris! Tais-toi! J'y vais tout de suite!!!

Chapitre 9

Et vous, qu'en pensez-vous, hein?

Indice : J'ai deux parents qui ne m'ont pas encore donné la permission, à moi, leur fille de dix ans, d'avoir un animal de compagnie. (Même si je m'en occupe très bien par moi-même.)

Autre indice : Ces deux adultes ont le pouvoir de bannir à tout jamais mon chaton de la maison.

D'accord, je suis prête. J'y vais! Je prends mon courage à deux mains et je fonce pour affronter mon destin. À condition de pouvoir mettre la main sur Problème. Il doit sentir que quelque chose de grave se prépare. Il est caché sous le lit, trop loin pour que je puisse l'atteindre. Et il ne veut pas en sortir.

À sept heures et demie du matin, Abby entre dans la cuisine avec un chaton gris dans les bras. Des touffes de poussière décorent sa tignasse en bataille. Elle a le visage et les bras marqués d'égratignures.

Les membres de sa famille la dévisagent, bouche bée.

— Voici Problème, dit Abby, essayant en vain de retenir le chaton.

À force de se tortiller, le petit animal finit par se libérer de ses bras pour sauter sur la table, renversant ainsi un petit pot de lait.

— Ah, ça, tu peux le dire! commente son père en essuyant le dégât avec une serviette de table.

Sa mère, qui s'est éloignée de la table d'un bond, examine sa jupe en soie bleu pâle.

— Abby! je viens tout juste de faire nettoyer ce tailleur...

— Désolée! dit Abby en essayant de récupérer Problème.

Mais le chaton saute sur le plancher et se réfugie sous le buffet.

— Minou! Minou! fait Alex, qui se met à éternuer.

— Il est à qui, ce chat? demande Éva.

— À moi, commence Abby. Mon chat, Problème.

— À toi? s'étonne sa mère.

— Il porte bien son nom, ajoute son père.

— Comment ça se fait qu'Abby peut avoir un chat et moi pas? s'indigne Isabelle.

— Personne n'a de chat, répond sa mère en se rassoyant.

Du moins, si c'est le cas, je ne suis pas au courant.

Abby relève la tête en les défiant du regard.

— C'est mon chat et je l'aime.

— Je trouvais, aussi, que ça sentait drôle autour de ta chambre, murmure son père.

Sous le buffet, Problème, terrorisé, se ramasse sur lui-même. Il n'a pas l'intention de bouger de sitôt. Il est évident qu'il a assez vu la famille Hayes.

« Ça vaut peut-être mieux, songe Abby. De cette façon, il ne renversera plus rien et il ne griffera personne. »

Tant et aussi longtemps que son chaton restera tranquille, elle aura une chance de convaincre sa famille de le garder.

Sa mère agite sa serviette de table devant son visage.

— Depuis combien de temps est-il ici? demande-t-elle.

Abby prend une grande inspiration.

— Quatre jours, dit-elle.

— Quatre jours! crie Isabelle. C'est pratiquement un an!

— Qui a acheté sa boîte de litière et sa nourriture? demande son père.

— C'est moi, maman et papa. J'ai dépensé tout mon argent pour mon chaton. Et ce n'est pas tout : je l'ai nourri, je l'ai caressé, j'ai joué avec lui. Est-ce que je ne l'ai pas bien soigné?

— On dirait bien, opine son père avec un signe de tête.

— Est-ce que je peux le garder? supplie Abby. S'il vous plaît?

Ses parents échangent un regard.

— Quelle façon de commencer la journée! s'exclame son père.

— Je vais m'arranger pour que tout reste bien propre! promet Abby. Je viderai la litière chaque jour, et Problème restera dans ma chambre. Comme ça, il ne pourra pas déchirer les meubles et Alex n'aura pas de réaction allergique.

— Il nous faut du temps pour y réfléchir un peu plus, dit sa mère.

— S'il vous plaît, s'il vous plaît, s'il vous plaît? C'est le seul foyer de Problème. Il n'a aucun endroit où aller si vous le chassez dans le froid.

Abby espère que sa mère n'a pas entendu le bulletin de météo : la température est censée atteindre les 30 degrés cet après-midi.

— Bon, je suppose que, pour tout de suite, c'est d'accord, soupire sa mère.

— Maman, je t'adore! Tu es la meilleure!

Un peu plus et elle lui sauterait au cou, mais elle se rappelle au dernier moment qu'elle est couverte de poussière et que sa mère est habillée pour aller travailler. Elle se contente de lui souffler un baiser.

Isabelle hoche la tête de gauche à droite d'un air dégoûté.

— Quand je pense que je vous supplie d'avoir un chat depuis des années. Et là, Abby en obtient un, elle, comme ça!

Ce n'est pas juste!

— Je préférerais un chien, dit Éva. On pourrait le garder dehors. Je l'emmènerais courir chaque soir. Et Alex n'aurait aucune réaction allergique.

— Aaaaaatchoum! éternue Alex. Je n'ai aucune espèce d'allergie! Je veux un chien, et un chat, et aussi des souris! Aaaaaatchoum!

Olivia Hayes jette un œil à sa montre.

— Je m'en vais travailler, dit-elle. Plaider au tribunal me semblera facile après tout ceci. À partir de maintenant, c'est votre père qui réglera tous les problèmes.

— Quelle chance! dit Paul Hayes en se versant une autre tasse de café.

À quatre pattes devant le buffet, Abby essaie de convaincre Problème de quitter sa cachette.

— Eh bien, ça explique la présence de la nourriture à minou dans le frigo! conclut Isabelle en se levant de table. Je pensais que c'était la toute dernière lubie de la cinquième année.

Bulletin éclair :

Abby H. a eu moins de problèmes qu'elle ne l'avait craint pour avoir gardé Problème. Elle s'inscrira dans le Livre Hayes des records du monde comme la fille de dix ans la plus chanceuse au monde.

Ou alors, mes parents auraient-ils constaté à quel point j'ai été capable de prendre mes responsabilités?

P.-S. : C'est quoi le problème avec les grandes sœurs? Elles sont toujours prêtes à imaginer le pire au sujet de leurs petites sœurs! Isabelle croyait vraiment que je mangeais de la nourriture pour chats? Ouache!!

Chapitre 10

Voilà ce qu'a déclaré Nathalie quand j'ai fini par la rappeler. Elle n'a pas voulu en dire plus. Elle nous convoque à une réunion d'amies, ce soir.

Elle adore le mystère! Mais moi, je déteste le suspense!

Qu'est-ce qu'elle peut bien avoir à nous raconter? C'est mieux d'être bon. Je préférerais rester avec mon chaton, mais je ne peux pas dire non à mes amies.

Sur ses patins à roues alignées, Abby exécute un virage autour de la fontaine et s'arrête devant un banc inoccupé. Elle est la première arrivée. « Pourvu qu'elles ne soient pas en retard! » espère-t-elle. Elle vérifie l'heure à sa montre, retire son casque protecteur et le dépose sous le banc. En relevant la tête, elle aperçoit Nathalie et Jessica qui s'en viennent.

— Heureusement que tu es là! s'écrie Jessica en agitant le bras.

Elle a un sac de guimauves dans une main et une bouteille d'eau dans l'autre.

Nathalie est vêtue d'un short de gymnastique et d'un vieux t-shirt. Ses cheveux courts sont dépeignés. Elle porte un sac à dos.

Jessica s'assoit à côté d'Abby.

— Nathalie n'a rien voulu me dire pendant qu'on s'en venait, dit-elle. Elle tenait absolument à garder tout ça pour elle tant que nous ne serions pas toutes ensemble.

— Je ne voulais pas être obligée de tout répéter, dit Nathalie en retirant son sac à dos.

— Est-ce d'ordre animal, végétal ou minéral? demande Jessica.

— Animal.

— Un animal de compagnie? propose Abby.

Nathalie secoue la tête.

— Je ne peux plus supporter le suspense! s'écrie Abby.

— Moi non plus, renchérit Jessica.

Nathalie défait la fermeture à glissière de son sac à dos et en retire son magnétophone.

— Vous vous rappelez que je voulais enregistrer les sons de la nature, pendant notre nuit au Camping Hayes?

— Oui, tu as installé ton magnétophone, puis tu es allée te coucher. Tu as raté toute l'excitation, dit Abby.

— Eh bien, tu te trompes! Je n'ai pas tout raté.

Souriant mystérieusement, Nathalie presse un bouton de son magnétophone.

— Attendez d'avoir entendu ceci! Écoutez bien.

Transcription de l'enregistrement (telle que l'a écrite Abby une heure plus tard, du mieux qu'elle se rappelait)

Bruits de fond de la nuit : des grillons qui stridulent, des chiens qui jappent, des voitures qui passent. Des ricanements étouffés. De la musique qui joue à tue-tête dans la rue. Encore des ricanements étouffés.

Ça se poursuit pendant un moment. Un long moment. Un très long moment. Jusqu'à ce que soudain... des bruits de pas se rapprochent. De petites branches craquent. Un bruit sourd. Un autre bruit, plus mat. Un autre bruit sourd.

Zach (chuchotant à mi-voix) : As-tu le pot d'araignées?

Mason (d'un ton rassurant) : Ici même. Il est en sécurité. En as-tu trouvé d'autres?

Zach : Oui.

Mason : Ça nous en fait treize.

Tyler (jubilant) : On va les lâcher sur le tremplin juste avant le plongeon de Béthanie. Elle va avoir tellement peur qu'elle va tomber dans l'eau et perdre la compétition.

Zach (très jubilant) : Qui aurait pensé que Béthanie s'évanouirait rien qu'à voir une minuscule araignée?

Mason (extrêmement jubilant) : Personne ne pourra jamais imaginer ce que nous avons fait!

Tyler, Mason et Zach : Ha! ha! ha! ha! ha!!!

Stridulations de grillons. Jappements. Voitures qui passent. Bruit sourd. Boum! Paf!

Zach (ennuyé) : Hé, fais attention!

Mason (ennuyé lui aussi) : Toi, fais attention!

Tyler (d'un ton urgent) : Chut!!! Il ne faut pas qu'elles entendent. Du moins, pas tout de suite. (Moment de silence.) Penses-tu qu'elles vont découvrir notre plan? Je ne veux pas que Béthanie sache que j'ai révélé son secret à tout le monde.

Mason (confiant) : Jamais!

Zach : Hé! C'est presque le moment! Êtes-vous prêts? On va leur faire une petite frousse d'avertissement.

Tyler et Mason : Oui.

Hurlements terrifiants des « loups ».

Gémissements apeurés des filles. Et puis...

Jessica (pleine de cran, sans crainte, audacieuse, confiante, héroïque) :
À l'assaut!

La transcription se termine ici, puisque l'auditoire connaît le reste de l'histoire. Nous avons quand même écouté l'enregistrement jusqu'au bout.

Quelques bruits que nous avons entendus :

- Le bruit sourd d'un gros livre lancé vers les buissons.

- Des « loups » prenant la poudre d'escampette à travers les buissons et jusqu'à la rue.

- Trois amies intrépides retournant dans la tente pour parler de la bataille et vernir leurs ongles (encore une fois).

— On ne sait jamais ce qu'on va entendre quand on enregistre la grande nature sauvage, conclut Nathalie en pesant sur le bouton d'arrêt.

— Je savais bien que c'étaient eux, dit Abby. Les loups, je veux dire. Mais je ne peux pas croire qu'ils planifient un tel coup avec leurs araignées.

— Je n'avais jamais pensé que des garçons pourraient tomber aussi bas, renchérit Jessica.

— Mason va tomber dans la piscine comme une roche, dit Abby, mais c'est quand même lui qui va remporter la compétition s'il lâche une araignée devant Béthanie!

— Nous allons les confronter à l'évidence! suggère Nathalie en montrant la cassette. Ils ne pourront pas nier!

— Non, ils ne pourront pas! confirment Abby et Jessica.

Les filles se tapent la main en signe de victoire.

Puis, tout à coup, Abby secoue la tête.

— Non, leur faire jouer la cassette ne les retiendra pas. Ils vont prétendre qu'ils faisaient des blagues.

— Tu as raison. J'entends déjà les ricanements de Mason, approuve Nathalie en tâtant la cassette dans sa poche. Même si les garçons nient tout, je conserve la preuve bien en sécurité. Juste au cas où on en aurait besoin.

Jessica boit une gorgée d'eau à sa bouteille.

— Béthanie ne remarquera peut-être pas les araignées.

— Elle les repère à deux kilomètres à la ronde, dit Abby. Elle reste toujours vigilante.

— Dans ce cas-là, on devrait la prévenir! s'écrie Jessica.

— Non, ça provoquerait l'effet contraire, affirme Abby, qui commence à bien connaître Béthanie. Si on la prévient qu'ils vont lâcher des araignées, elle refusera de plonger.

— Non, mais pourquoi Béthanie n'a-t-elle pas la phobie des éléphants? gémit Nathalie d'un air lugubre. Ou des girafes? Ou des morses? Ou de n'importe quoi qui soit trop gros pour tenir sur un tremplin!

— Pourquoi Tyler a-t-il révélé à Mason et à Zach que Béthanie avait peur des araignées? s'indigne Jessica. Je pensais qu'il était son ami!

— Il voulait impressionner les deux autres, suppose Abby. Ou il a peut-être misé un jeu d'ordinateur sur Mason.

— Les garçons vont-ils réellement mettre leur plan à exécution? demande Jessica. Ils pourraient juger que c'est trop cruel.

Les trois amies échangent des regards.

— Ils vont le mettre à exécution! déclarent-elles en chœur.

Dans un soupir, Jessica ouvre son sac de guimauves.

— Quelqu'un en veut?

Mais Abby secoue la tête.

— Je les aime grillées, dit-elle. Nature, comme ça, on dirait des oreillers.

— Des oreillers en sucre, dit Jessica. Miam!

Nathalie en prend trois.

— Je les adore, dit-elle. Ma mère n'en achète jamais.

— En tout cas, ça résout le mystère des loups, dit Jessica après un moment. Je me demande comment ils ont su que nous dormions au Camping Hayes?

— Élémentaire. On leur a dit à la piscine. Tu te rappelles?

Nathalie prend trois autres guimauves dans le sac.

— Oui, c'est vrai. Abby et moi, on se chicanait à propos de Béthanie. Et là, on se demande comment la protéger, dit

Jessica en secouant la tête. Tu es sûre qu'on ne peut pas lui parler du complot?

— Sûre et certaine! affirme Abby en remettant son casque protecteur. Notre meilleure stratégie, c'est d'arrêter les garçons.

Elle ajuste la courroie sous son menton et se relève sur ses patins.

— On ne peut pas laisser les garçons avoir le dessus sur nous, dit Abby. Béthanie mérite la victoire. Je veux qu'elle batte Mason. Plus que jamais, maintenant.

Ses amies hochent la tête.

— Il faut absolument trouver une solution.

Chapitre 11

Ni le chat non plus! Problème dort, allongé sur mon oreiller. Je ne vais pas le réveiller pour jouer avec lui. Je vais plutôt aller à la piscine. Ce sera la première fois de la semaine!

J'ai tellement hâte! La compétition de plongeon a lieu en fin de semaine. Nathalie, Jessica et moi, nous devons absolument déjouer le plan des garçons. Et vite!

Abby se dépêche d'arriver dans l'enclos de la piscine et elle lance son sac et sa serviette sur l'herbe à l'endroit où ses amies ont l'habitude de se rassembler. Elles ne sont pas là. Ni dans les glissoires, ni dans l'eau, ni au casse-croûte.

Elle les aperçoit finalement près du tremplin, devant Mason, Zach et Tyler. Nathalie, Jessica et Béthanie semblent au milieu d'un vif débat.

Abby se met à respirer plus vite. Nathalie est-elle en train de brandir sa preuve au nez des garçons? Béthanie a-t-elle entendu parler du complot des araignées? Anxieuse, Abby s'empresse de les rejoindre.

— Qu'est-ce qui se passe? demande-t-elle.

— Nous voulons reporter la compétition, dit Zach en se faisant craquer les jointures. De trois jours, environ.

— Pour que Mason puisse prendre des leçons de plongeon? se moque Abby.

Les filles ricanent.

— Non, répond Zach, qui devient tout rouge. C'est qu'on n'est... euh, tout simplement pas prêts, euh, à d'autres points de vue.

— Leur collection d'araignées a-t-elle disparu? chuchote Abby à l'oreille de Jessica.

— Probablement, répond Jessica à mi-voix.

— Nous ne voulons pas de délai, déclare Béthanie. Nous sommes prêtes à tenir la compétition dès maintenant.

— Pourquoi ne voulez-vous pas changer la date? insiste Mason. Rien que trois petites journées, c'est tout ce qu'on vous demande. Lundi ou mardi, ça ferait tout aussi bien l'affaire.

— Non! s'écrie Béthanie. Brianna ne peut venir que la fin de semaine!

— Laisse faire Brianna, rétorque Mason. On s'en fiche, de Brianna! Tu n'as pas besoin d'elle à tes côtés pour perdre la compétition!

— Ouais! renchérissent Zach et Tyler. Qui a besoin de Brianna?

— Pour une fois, je suis bien d'accord avec eux, siffle Nathalie entre ses dents.

« Brianna plonge-t-elle aussi bien que Béthanie? » se demande Abby. Même Brianna ne peut être la meilleure en tout. Ou le peut-elle? Béthanie veut sans doute briller plus fort que sa meilleure amie au moins une fois dans sa vie. Et si Brianna voit Béthanie l'emporter sur Mason, n'éprouvera-t-elle pas plus de respect envers sa copine?

Béthanie croise les bras sur sa poitrine et fusille Mason des yeux.

— Pas de Brianna, pas de compétition.

Mason lui rend son regard courroucé.

— Et moi, je ne compétitionne pas demain! déclare-t-il.

— Dimanche, alors? propose Jessica. Ce sera encore la fin de semaine.

— Non! refuse Mason.

— Brianna est sa meilleure amie, plaide Abby.

Béthanie lui coule un regard reconnaissant.

— Bon, eh bien, peut-être, concède Mason. Mais tu vas quand même perdre, tu sais.

Pour toute réponse, Béthanie ajuste ses lunettes de nage, grimpe sur le tremplin et exécute un plongeon renversé avec un tire-bouchon.

Mason la suit en marchant lourdement. Il se laisse tomber du bout du tremplin et amerrit sur le ventre.

— Vous avez vu ça, vous deux? demande Abby à Zach et à Tyler. Ou êtes-vous devenus aveugles à force de jouer à l'ordinateur?

— C'est seulement en trichant que Mason pourrait gagner, déclare Nathalie.

— On n'est pas des tricheurs!

— Ni des loups non plus, dit Abby.

— Quoi?

Zach et Tyler échangent des regards affolés.

— Nous le saurons si vous trichez, dit Jessica doucement. Les filles pressentent ces choses-là. Vous ne pouvez rien leur cacher.

— Oh, ouais, dit Tyler. C'est sûr.

Mason sort de la piscine.

— Il y a une chose qu'on a oubliée, dit-il. Qui va juger cette compétition?

— Nous, bien sûr, dit Abby. Qui d'autre voulez-vous que ce soit?

— Pas question! refuse Mason en agitant un doigt mouillé vers les filles. Vous seriez trois filles contre Tyler et Zach! Plus de filles que de garçons!

— Qui d'autre, alors? demande Nathalie.

— Il faut quelqu'un de neutre et équitable, fait remarquer Jessica. Quelqu'un qui ne prend ni pour Béthanie ni pour Mason.

— Quelqu'un de l'extérieur du groupe, dit Tyler.

— Ma grande sœur Kathleen! dit Mason en ricanant. Elle adorerait me voir perdre!

— Bonne idée, Mason, approuve Abby.

— C'était une farce!

— Une de mes grandes sœurs fait partie de l'équipe de natation, dit Abby. Et l'autre adore donner son avis. L'une ou l'autre pourrait juger la compétition.

— C'est la solution idéale! s'écrie Jessica.

Leurs serviettes négligemment jetées sur les épaules, Abby, Jessica et Nathalie se présentent au comptoir du casse-croûte. Béthanie est restée au tremplin pour s'exercer encore un peu.

— Une pointe de pizza, s'il vous plaît, commande Abby en tendant un dollar.

— Je vais prendre un petit sac de maïs soufflé, dit Jessica. Et une boisson gazeuse à l'orange.

— Un hot-dog pour moi, enchaîne Nathalie. Je m'inquiète de ce que complotent les garçons, dit-elle à ses amies tandis qu'elles s'en retournent vers leurs chaises. J'ai l'impression qu'ils ont plus d'un tour dans leur sac, et pas juste des araignées.

— Des araignées dans leur sac! Ouache! s'écrie Abby.

— Justement, il va bien falloir qu'ils les cachent quelque

part, ces araignées, dit Nathalie. Dans leur sac ou ailleurs. Sinon, comment vont-ils faire pour les apporter sur le tremplin sans attirer l'attention? Vont-ils les tenir dans leur main? Les cacher dans leur bouche?

— OUACHE!

— Non, ce serait trop dégoûtant, même pour Mason, Zach ou Tyler, réfléchit Nathalie. Ouais, je me demande bien ce qu'ils sont en train de manigancer.

— Quelqu'un veut de la pizza? offre Abby.

— Non, merci, refuse Nathalie.

Assise en tailleur dans l'herbe, elle mord dans son hot-dog.

Jessica s'installe sur une chaise de plage, à côté d'elle.

— Pensez-vous qu'ils songent toujours à utiliser des araignées pour gagner?

— Oui, dit Nathalie. Je...

— Chut, voilà Béthanie, dit Abby. Il ne faut pas l'énerver avec ça!

Béthanie s'approche, tenant ses palmes et ses lunettes de nage. Une serviette représentant des gymnastes est enroulée autour de sa taille.

— Beaux plongeons! la félicite Nathalie. Et belle serviette!

— Merci, dit Béthanie. Comment va Problème, aujourd'hui? demande-t-elle à Abby.

— Tu parles de problèmes? demande Jessica en relevant les sourcils. Il y en a pas mal autour d'ici, à commencer par Zach, Tyler et Mason.

— Elle parle de mon chaton, explique Abby.

Jessica fronce les sourcils.

— Quoi, tu as un chaton?

— Oui, fait Abby avec un signe de tête.

— Tu ne me m'as pas dit ça! s'écrie Jessica.

— J'étais trop occupée à prendre soin de lui, s'excuse Abby. J'ai dû aller lui acheter des trucs, le nettoyer, le nourrir. Et j'ai été obligée de le cacher de ma famille.

Jessica ne répond pas. Elle prend son inhalateur pour asthmatiques et se met à le passer d'une main à l'autre.

— Je ne peux pas croire que Béthanie était au courant et pas moi, fait-elle, dépitée.

— Je suis vraiment désolée, dit Abby.

Elle aurait dû se confier à sa meilleure amie. Mais c'est à Béthanie qu'elle a parlé de son chaton, au camp de jour, et celle-ci lui a donné un tas de bons conseils.

— Les animaux de compagnie exigent beaucoup de travail, explique Béthanie. Ils peuvent vous prendre tout votre temps.

— Parle-nous de ton chaton, demande Nathalie avec intérêt.

— C'est Gloria qui me l'a donné. Il s'appelle Problème et il est gris avec des yeux bleu pâle, commence Abby. Chaque matin, il saute sur moi pour me réveiller. Mes parents me permettent de le garder – pour l'instant, du moins...

Elle s'interrompt brusquement et se frappe le front.

— J'ai oublié de lui donner à manger!

— Ce n'est pas si grave, assure Béthanie. Tu l'as nourri, ce matin?

— Peut-être, je ne me rappelle pas.

Abby bondit sur ses pieds, rassemble ses affaires et lance sa pizza à peine entamée dans la poubelle.

Elle salue ses amies de la main. Ces dernières lui renvoient son salut, en l'encourageant de leurs cris tandis qu'elle s'élance vers la clôture au pas de course. Sauf Jessica.

Abby regrette de ne pas pouvoir s'attarder pour raconter à sa meilleure amie tout ce qui s'est passé. Ne comprendrait-elle pas? Après tout, Jessica, elle aussi, a été très accaparée par son travail pendant les trois dernières semaines. Elle n'était jamais là quand Abby voulait lui parler. C'était plus facile de se confier à Béthanie qui, de toute façon, est une experte en animaux de compagnie.

Mais elle n'a pas le temps de s'expliquer avec Jessica maintenant. Ni de consoler son amie de la peine qu'elle lui a faite. Ni de résoudre le problème des araignées. Abby ne peut pas laisser Problème tout seul et affamé dans sa chambre.

Chapitre 12

Ou demande à Isabelle de le faire.

Voici la scène : Une Abby fatiguée, en sueur et hors d'haleine grimpe l'escalier quatre à quatre et entre en trombe dans sa chambre, s'attendant à retrouver un chaton affamé.

Au lieu de cela, elle aperçoit un minou gris qui mâchonne avec délice un jouet en forme de souris.

Assise en tailleur par terre à côté de lui, sa grande sœur Isabelle lui parle en roucoulant. Elle a peint ses ongles en bleu, blanc et rouge, aujourd'hui.

– Tu as oublié de nourrir ton chaton, dit-elle

d'une voix glaciale. Ce n'est pas comme ça qu'on prend soin d'un pauvre animal impuissant.

D'un coup d'œil, Abby comprend que sa sœur a rempli le plat de Problème de Festin Félin et qu'elle lui a servi un bol d'eau fraîche.

– Problème miaulait désespérément, poursuit Isabelle. À l'entendre, n'importe qui aurait eu le cœur brisé. Alors je suis entrée et je l'ai nourri.

Abby reconnaît que sa super-grande-sœur a raison. Elle baisse la tête, penaude.

– Merci de t'en être occupée, dit-elle à voix basse.

Isabelle se relève et dépoussière son short. Puis elle quitte la chambre d'Abby en prononçant quelques phrases bien senties au sujet de la responsabilité.

Sa sœur sortie, Abby s'accroupit sur le plancher et caresse son minet, remplie de remords et de mélancolie. Comment peut-elle avoir oublié cet adorable chaton?

D'un autre côté, comment peut-elle laisser tomber ses amies quand elles ont besoin d'elle?

— Ouille! s'écrie Abby.

Problème est d'humeur fringante en ce samedi matin. Il a fait tomber une photographie encadrée de sa tablette. Il lui a sauté sur la tête en miaulant pour la réveiller.

Et là, il semble prendre ses chaussures de sport pour des souris. Pendant qu'elle attachait ses lacets, il l'a attaquée et lui a accidentellement griffé la main.

— Ce sont des chaussures de sport, Problème, lui explique Abby. On n'est pas censé leur courir après, on les met plutôt pour courir.

La queue qui remue, Problème s'assoit et regarde Abby traverser la pièce. Celle-ci vérifie qu'il reste de l'eau dans son bol et de la nourriture sèche dans le fond de son plat.

Elle s'apprête à descendre pour le déjeuner. Lorsqu'elle aura terminé, elle servira à Problème le reste de la boîte de Festin Félin qui est ouverte dans le frigo.

— Ne fais pas de gros dégât pendant que je ne suis pas là, l'avertit Abby.

— Miaou!

Après une dernière caresse, elle descend à la cuisine.

Il n'y a personne. Éva et sa mère sont parties faire du jogging ensemble. Isabelle dort encore. Son père s'est retiré dans son bureau, à l'étage. Alex est installé devant son ordinateur. Ou même peut-être dans son ordinateur. Hier, il l'a tout démonté, puis remonté, pièce par pièce.

Abby sort le muesli aux framboises et s'assoit à table. Ce matin, elle aura les bandes dessinées pour elle toute seule.

PROCLAMATION! Les mots sont écrits au marqueur rouge sur une feuille de papier collée sur la table.

LA FAMILLE HAYES DOIT EN ARRIVER TRÈS BIENTÔT À UNE DÉCISION AU SUJET DES VACANCES! VOUS POURREZ, UNE DERNIÈRE FOIS, DÉFENDRE VOTRE PROJET, DIMANCHE SOIR. ET SI LA FAMILLE N'EN ARRIVE PAS À UN CONSENSUS, LES PARENTS PRENDRONT LA DÉCISION FINALE – OU ALORS LES VACANCES SERONT ANNULÉES.

SIGNÉ : PAUL ET OLIVIA HAYES

— Aaaaaaah! s'écrie Abby en déposant sa cuillère.

Elle a promis à ses amies de les rencontrer à la piscine cet après-midi. Elle doit convaincre Jessica qu'elle est toujours sa meilleure amie. Il faut aussi que les filles trouvent moyen de déjouer le complot des garçons avant demain. Et par-dessus le marché, voilà qu'elle doit mettre au point LE projet de vacances victorieux!

Pourquoi faut-il que ses parents soient aussi équitables? Pourquoi faut-il qu'ils prennent l'opinion de tout un chacun tellement au sérieux? Ils sont si nombreux dans la famille! Pourquoi ses parents n'adopteraient-ils pas tout simplement son projet à elle?

— La démocratie peut vous rendre fou! marmonne-t-elle entre ses dents.

Attrapant son journal, elle se met à écrire.

Vivre dans la famille Hayes n'est pas chose facile! Mes amies n'ont pas les mêmes problèmes que moi!

Les parents de Nathalie prennent toutes les décisions tout le temps.

« Nous ne discutons jamais de vacances, dit-elle. Mes parents nous annoncent ce que nous allons faire et nous devons réagir comme si ça nous plaisait. »

(Ce qui ne pourrait jamais arriver chez les Hayes. Dans ma famille, personne ne cache ses sentiments ni ses pensées sur quoi que ce soit.)

Jessica et sa mère ne doivent tenir compte que l'une de l'autre. Elles choisissent les vacances à tour de rôle.

(Si nous faisions une telle rotation dans ma famille, chacun déciderait du plan de vacances une fois tous les six ans. Par conséquent, cinq personnes sur six seraient de mauvaise humeur presque tout le temps!)

Je me demande comment cela se passe dans la famille de Béthanie. Ses petites sœurs sont trop petites pour critiquer les choix de vacances. Je parie que ses parents écoutent ce qu'elle a à dire.

(Si j'étais l'aînée de trois frères et sœurs beaucoup plus jeunes que moi, je ferais toujours passer mes idées!)

Abby referme son journal et relit la proclamation. Que va-t-elle faire? Et que feront Éva et Isabelle? Éva ne lâche la discussion que lorsque l'opposition abandonne. Isabelle, pour sa part, s'appuie sur la logique et des faits vérifiés. Elle documente toujours ses projets par des recherches en bibliothèque. Et cela l'a menée loin : elle a gagné toutes sortes de prix, et seule sa mère réussit à avoir le dessus sur elle dans une discussion ou un débat.

Abby avale en vitesse quelques bouchées de céréales. En faisant un saut à la bibliothèque tout de suite, elle serait de retour à temps pour aller à la piscine dans l'après-midi. Elle pourrait alors arranger les choses avec Jessica et découvrir le mauvais coup que mijotent les garçons.

De son stylo mauve, elle griffonne une note au bas de la proclamation.

Partie à la bibliothèque municipale à vélo. De retour avant le dîner. Abby.

— Veux-tu consulter des livres ou des magazines sur des endroits de vacances à la mode? demande la bibliothécaire. Ou préfères-tu te renseigner sur la région où habite ta grand-mère?

— Mon père l'a déjà fait, répond Abby. Mais j'imagine que je peux le faire encore. Ça pourrait me donner de nouvelles idées.

— Tu peux aussi faire une recherche sur Internet, suggère la bibliothécaire. Sauf que pour ça, il nous faut un billet signé de tes parents. Est-ce qu'on en a un dans nos dossiers?

— Je ne pense pas, dit Abby. De toute façon, nous avons Internet à la maison.

Elle s'installe à une table avec une pile de livres et de magazines, puis commence à les passer en revue, page par page.

Près de chez grand-maman Emma, il y a un parc d'attractions qu'Alex aimerait sans doute, mais qu'Isabelle détesterait. Il y a aussi des canaux historiques qui raviraient Isabelle, mais qu'Éva détesterait. Il y a des parcs et un zoo et des douzaines d'endroits que la famille Hayes pourrait visiter, mais… ah, on oublie ça!

Abby pousse un grognement. Pourquoi se donne-t-elle seulement la peine d'essayer? Quelle que soit sa proposition, c'est certain que quelqu'un s'y opposera.

Même si son père prend son parti, ils ne gagneront sans doute pas. Abby devrait tout simplement se résigner à passer des vacances stupides et ennuyantes.

Cela ne la dérangerait pas trop de renoncer aux usines de calendriers : elle finit toujours par enrichir sa collection, de toute façon. Mais elle tient à revoir sa grand-maman Emma.

Durant une de leurs discussions familiales, sa mère a fait remarquer qu'Abby avait vu sa grand-mère moins de six mois plus tôt.

— Tu veux dire que ça fait plus de cinq mois! s'est écriée Abby.

Elle souhaiterait la voir chaque mois, chaque semaine, ou même chaque jour de l'année.

Non, elle ne peut pas abandonner l'idée de revoir sa grand-mère préférée pendant les vacances. Il faut qu'elle trouve une façon de l'intégrer à son projet.

Elle jette un coup d'œil à l'horloge. Si elle rentre à la maison tout de suite, elle aura le temps d'écrire à sa grand-mère, de se préparer pour la piscine, et même de jouer avec Problème...

— Oh, non!

Abby a crié et maintenant, les gens autour la dévisagent.

— Quelque chose ne va pas? s'informe la bibliothécaire.

— J'ai oublié quelque chose d'important, marmonne Abby en lui remettant les magazines.

Elle est gênée d'avoir crié en pleine bibliothèque. Même les enfants de cinq ans savent qu'on ne fait pas ça.

— Je dois rentrer chez moi tout de suite.

— Reviens avec une permission écrite de tes parents, et je te laisserai naviguer dans Internet, propose gentiment la bibliothécaire.

— Merci, dit Abby.

Elle quitte la bibliothèque en toute hâte, le visage brûlant. Pendant qu'elle se préoccupait des vacances familiales, elle a encore une fois oublié Problème.

Chapitre 13

Mais on doit faire certaines choses! Comme prendre soin de ses animaux de compagnie. Je ne peux pas croire que j'ai encore oublié Problème!

Même à mon journal, j'ai honte de l'avouer : j'avais enfermé Problème dans mon garde-robe, sans faire exprès. Il a ronronné et s'est frotté contre ma jambe quand je l'en ai fait sortir, mais je me sentais VRAIMENT MAL.

– Excuse-moi, Problème, lui ai-je dit. Je ne le ferai plus jamais!

Mais est-ce bien vrai? Ça fait déjà deux fois que je l'oublie en deux jours.

Est-ce que mon Problème représente un trop gros paquet de problèmes pour moi?

Béthanie prend soin de ses animaux de compagnie tous les jours... depuis l'âge de cinq ans.

C'est peut-être parce que je n'ai pas l'habitude de prendre soin d'un petit animal. Il me faut peut-être plus de temps pour m'habituer à ces nouvelles responsabilités.

Mais qu'arrivera-t-il si Problème devient affamé pendant que je m'habitue tranquillement à le nourrir, ou si je l'enferme dans un garde-robe parce que j'ai oublié son existence? Pauvre Problème! Ce n'est pas juste!

Tout ce que j'essaie de faire

1. Prendre bien soin de Problème.
2. Préparer un projet de vacances.
3. Déjouer le complot des garçons.

Notes de performance
pour tout ce que je fais

1. Soin du chaton : D-
2. Projet de vacances : D+
3. Échec au complot : F

(heureusement que Jessica et Nathalie y travaillent aussi)

Oh non! Je suis en train d'échouer mes vacances d'été!!!

Abby referme son journal. Elle dépose son stylo mauve et se cale dans sa chaise.

Miaulant avec force, Problème lui saute sur les genoux. Elle le gratte derrière les oreilles.

— Tu me pardonnes? dit-elle, pleine de remords.

Le chaton ronronne très fort et s'assoit sur elle bien confortablement.

Tout en flattant sa douce fourrure, Abby étudie les calendriers de chats accrochés à son mur. Elle se demande si Problème les regarde quand elle n'est pas là.

Toc, toc! On frappe à sa porte.

— Je peux entrer? demande Alex.

— Tu es allergique, lui rappelle Abby.

— Ça ne me dérange pas, fait son petit frère en haussant les épaules.

— Même si ta respiration devient sifflante?

— Alors je n'aurai pas besoin d'aller jouer dehors et de prendre de l'air frais.

Le jeune garçon se passe la main dans les cheveux, ce qui les fait se dresser tout droits sur sa tête.

— Maman m'a arraché à mon ordinateur, explique-t-il.

— Dommage! fait Abby, avec sympathie.

— Je m'en vais patiner. Veux-tu venir avec moi?

Abby jette un œil sur Problème, paisiblement endormi sur ses genoux. Elle n'a pas envie de le déranger. D'un autre côté, elle adorerait faire du patin à roues alignées avec Alex.

Ils devaient en faire ensemble le lendemain de la nuit de camping, mais elle a plutôt dormi toute la journée.

— S'il te plaît? supplie Alex.

Puis il se met à éternuer.

— Bon, d'accord, dit Abby en prenant Problème.

Quelques secondes plus tard, le minet est de nouveau roulé en boule, sur son oreiller cette fois. Au moins, elle n'aura pas à s'en faire à son sujet pendant qu'elle sera absente.

Quand ils aperçoivent le marchand de glaces qui circule dans le parc, Alex et Abby patinent à grandes enjambées et achètent des barres de crème glacée. Ils se dirigent vers le banc le plus proche.

— As-tu dîné? demande Abby en enlevant le papier autour de sa barre.

— Non, répond Alex en mordant dans la sienne à belles dents.

Abby grignote plutôt l'enrobage chocolaté.

— Moi non plus, avoue-t-elle.

Le soleil tape sur leur tête. Abby regarde sa montre : il est presque 1 heure.

— On doit y aller, dit-elle. Je rencontre mes amies à la piscine à 2 heures.

— Est-ce qu'on peut faire un dernier tour de la fontaine? demande Alex.

— D'accord.

Abby jette l'emballage et le bâtonnet dans la poubelle et se redresse sur ses patins.

— On fait la course?

— Je vais te battre! crie son frère d'un ton de défi.

Abby est en avance lorsqu'ils arrivent à la fontaine.

— Je gagne! s'écrie-t-elle.

Mais voilà que trois chiens galopent vers elle. Elle freine en catastrophe, mais perd l'équilibre et s'affale sur l'herbe.

Queue branlante, Elvis, Bouboule et Prince bondissent vers elle pour la saluer. Ils flairent ses patins et lèchent sa main, son visage...

— Elvis! Bouboule! Prince! gronde Jessica. Revenez ici tout de suite!

Abby se relève.

— Je suis désolée, dit Jessica en remettant les chiens en laisse. Je n'aurais pas dû les laisser courir sans laisse.

Elle n'ose pas regarder Abby en face.

Abby examine les taches de gazon sur son short et la saleté sur ses bras et ses jambes. Les coussins lui ont protégé les genoux, les coudes et les paumes.

— Ça va, dit-elle. Rien de cassé.

Jessica reste silencieuse.

— Aaatchoum! éternue Alex en flattant Elvis. Aaatchoum!

Abby fouille dans sa poche, espérant y trouver un papier mouchoir.

— Tu es allergique au règne animal au grand complet,

Alex, dit-elle. Jessica, vas-tu venir à la piscine, tantôt?

— Bien sûr.

Un petit silence inconfortable s'ensuit.

— Tu ne comprends pas? s'écrie Abby à brûle-pourpoint. C'est toi qui es ma meilleure amie! Pas Béthanie.

— Ah oui? dit Jessica en rougissant.

— Oui! affirme Abby en se rapprochant de son amie. Je dois aller au camp de jour toute seule, sans toi. Béthanie est la seule personne que je connais dans le groupe. (Elle respire un bon coup.) Je m'excuse de ne pas t'avoir téléphoné pour te parler de Problème.

— Tu étais occupée, marmonne Jessica.

— Oui, je l'étais! rétorque Abby. Ce Problème me donne de grosses responsabilités.

Jessica ne répond pas.

— Viens, Alex, dit Abby en se tournant vers son frère. C'est l'heure de rentrer à la maison.

— Aaaaaatchoum!

— Attends! dit Jessica en prenant une grande inspiration. Tu as raison.

— J'ai raison? fait Abby, qui ne s'attendait pas à ce que son amie comprenne aussi vite.

— Je n'avais jamais pensé au fait que tu allais au camp toute seule, reconnaît Jessica. J'étais jalouse de Béthanie.

— Je l'aime bien, explique Abby. Mais c'est toujours toi qui es ma meilleure amie.

— Vraiment?

— Véritablement. Honnêtement. Absolument. Complètement.

— Il faut croire que je me trompais, admet Jessica avec un signe de tête.

— La prochaine fois que je fais entrer un petit animal dans la maison en secret, je vais t'appeler tout de suite, promet Abby.

Alex éternue de nouveau.

— On devrait s'embrasser et faire la paix, suggère Abby.

— On ne peut pas s'embrasser, répond Jessica. On s'empêtrerait dans les chiens.

— Et dans les patins, ajoute Abby en désignant ses jambes toutes salies. Ça suffit les accidents pour aujourd'hui!

Patinant avec Alex sur le chemin du retour, Abby ne remarque ni les bosses ni les crevasses du pavage. Elle a l'impression de glisser sur une piste toute lisse qui s'étendrait sur des kilomètres et des kilomètres. Elle et Jessica sont redevenues meilleures amies.

Ce n'est pas seulement cela qui la rend aussi sereine, mais le fait qu'elle a nourri Problème avant de partir. Là, il ne lui reste qu'à avaler une bouchée rapide, filer à la piscine et déjouer le complot des garçons. Rien de plus facile! Le succès ne peut pas lui échapper.

Elle et Alex retirent leurs patins sur les marches. Puis ils entrent dans la maison.

En montant l'escalier, Abby aperçoit son père qui referme la porte de sa chambre. Son cœur se met à battre très fort.

— Problème va bien? s'écrie-t-elle.

— Problème va très bien, répond son père avec irritation. Mais je ne peux pas en dire autant de mon bureau. Tu as laissé ta porte de chambre ouverte, Abby. Problème a eu un accident sur mon plancher...

Chapitre 14

Oh, non! Moi qui pensais que le pire était déjà passé!

Le pire en ce qui concerne Problème (jusqu'ici)

1. Il a fait pipi sur le tapis du bureau de papa.

2. Il a sauté sur sa table de travail et fait tomber des dossiers sur le plancher.

3. Des documents importants de papa se sont ainsi retrouvés sur la tache mouillée du tapis.

Le pire en ce qui concerne Abby (jusqu'ici)

1. J'ai dû courir au magasin acheter un nettoyeur à tapis, que j'ai payé avec mon allocation.

2. J'ai nettoyé le tapis (ouache!).

3. J'ai passé deux heures à réimprimer et à classer les documents de papa.

4. J'ai promis de garder Problème dans ma chambre et de ne jamais le laisser sortir.

5. Il était trop tard pour aller rejoindre mes amies à la piscine. Non, elles n'ont pas encore trouvé de stratégie pour neutraliser les garçons. (Est-ce parce que je n'étais pas là?)

Quelque chose de pire va-t-il encore arriver aujourd'hui?

C'est aujourd'hui qu'a lieu la compétition de plongeon.

C'est également aujourd'hui que la famille Hayes doit prendre une décision finale concernant ses vacances.

Aujourd'hui me fait très peur.

<u>Les aide-mémoire d'Abby</u>

Cordelettes attachées autour des doigts et des orteils : 20

Notes dans ma poche : 7

Rappels inscrits sur mes calendriers : 52

Liste de contrôle d'Abby (à vérifier chaque fois que je quitte la maison)

Nourrir Problème. (crochet)

Remplir son bol d'eau. (crochet)

Flatter et jouer avec Problème. (crochet)

Nettoyer sa litière. (crochet)

Ouvrir la porte de mon garde-robe. (crochet)

Fermer la porte de ma chambre (avec un loquet). (crochet)

Dimanche matin, Abby téléphone à Jessica.

— Aujourd'hui, c'est le jour P, dit-elle. P pour plongeon. Es-tu aussi nerveuse que moi?

— Oui, dit Jessica. Même si c'est Béthanie qui plonge.

— Ce n'est pas elle qui m'inquiète. C'est Zach, Tyler et Mason.

— Penses-tu que Nathalie devrait se servir de son magnétophone pour les espionner?

— Non, c'est trop tard, dit Abby. Il reste seulement quelques heures avant la compétition. Si on ne sait pas encore ce qu'ils complotent, on ne le saura pas à temps.

— Il ne faudrait pas qu'ils fassent quoi que ce soit de méchant. S'ils le font...

Jessica laisse sa phrase en suspens.

— Il faut seulement que Béthanie gagne, insiste Abby. Une victoire honnête constitue la meilleure revanche.

Elle a lu cette citation – ou quelque chose de semblable – sur un de ses calendriers.

— Ouais, approuve Jessica.

— Tu as fini? demande sa sœur Isabelle en entrant dans la pièce. J'ai un téléphone à faire.

Isabelle porte une longue jupe blanche, surmontée d'un haut fleuri à dos nu.

— À tantôt, Jessica! dit Abby en tendant le combiné à sa grande sœur.

Isabelle compose un numéro.

— La ligne est occupée, dit-elle en examinant ses ongles vernis en rose et orangé.

— Vas-tu juger la compétition de plongeon? lui demande Abby.

Elle lui a posé la question hier soir et sa sœur a promis d'y réfléchir.

Isabelle appuie sur le bouton de recomposition.

— Éva va pouvoir le faire, répond-elle. Elle connaît tout sur les plongeons. Pour ma part, je suis en train de préparer mon discours de ce soir.

— Ton discours? s'écrie Abby en dévisageant sa grande sœur. Tu vas faire un discours sur nos vacances?

— Pourquoi pas? C'est une excellente manière de garder la forme en vue de mes futurs débats, rétorque Isabelle en approchant le combiné de son oreille. Est-ce que je pourrais parler à Sophia, s'il vous plaît?

Le souffle coupé, Abby s'assoit dans un fauteuil. Isabelle va faire un discours! Pendant l'année scolaire, sa sœur voyage d'un bout à l'autre du pays pour gagner des débats. Qui d'autre, dans la famille Hayes, a la moindre chance de faire adopter son projet si Isabelle décide de faire un discours? Abby devra se résigner à voir des uniformes de guerre en lambeaux, des canons rouillés et des champs de bataille désertés de l'époque révolutionnaire. Avec un peu de chance, elle en rapportera un calendrier.

Béthanie semble préoccupée. Elle passe son temps à regarder l'horloge, près du casse-croûte.

— Où est Brianna? demande-t-elle pour la énième fois. Elle a promis de venir.

Tous les autres sont rendus à la piscine. L'après-midi est chaud et ensoleillé, et tant la grande piscine que la pataugeuse pour les bébés sont envahies par les baigneurs.

Mason est debout près du tremplin, vêtu d'un maillot de bain orange brillant. Il n'en finit pas de jeter des coups d'œil vers Béthanie avec un petit sourire fantasque et narquois. Près de lui, Zach et Tyler se parlent en chuchotant.

— Tôt ou tard, tout se sait, fait Nathalie, énigmatique.

— De quoi parles-tu? demande Abby.

— Où est-elle? répète Béthanie.

Jessica semble inquiète.

— Ça ne commence pas très bien, marmonne-t-elle.

— Mais qu'est-ce qu'elle fait? s'impatiente Béthanie.

— Voilà Éva, dit Abby.

Éva s'avance vers les filles d'un pas nonchalant. Elle porte un ensemble de course marine, et elle a un sifflet d'arbitre autour du cou. Abby ressent une grande fierté : sa sœur a l'air d'une juge professionnelle.

L'autre juge, Kathleen, la sœur de Mason, flirte avec les surveillants.

— Alors, on est prêts? demande Éva.

— Presque, répond Nathalie. Nous attendons seulement...

— Brianna! s'écrie Béthanie.

Brianna fait son entrée dans l'enclos de la piscine. Elle porte des lunettes de soleil foncées, un bikini bleu et des sandales en cuir. Son grand sac de plage est en paille tressée. Elle fait des signes de tête aux attroupements d'enfants comme s'ils formaient une haie d'adorateurs.

— J'avais une répétition, annonce-t-elle. Pour une pièce de théâtre dans laquelle je joue le rôle principal.

Elle jette un coup d'œil du côté de Nathalie et Zach, pour voir s'ils écoutent.

— Tu avais dit que tu serais là il y a une demi-heure! reproche Béthanie à sa meilleure amie.

— La troupe a décidé d'aller manger de la crème glacée. Je ne pouvais pas refuser.

Avec un soupir, Brianna dépose son sac sur une chaise.

— Je ne peux pas décevoir mes admirateurs, dit-elle.

— Et moi, alors? demande Béthanie.

— On prend pour toi, Béthanie! intervient Abby. On est toutes derrière toi!

— Vas-y, Béthanie! renchérissent Nathalie et Jessica.

— Vas-y, Mason! crient Tyler et Zach, quelques mètres plus loin.

Nathalie tape dans ses mains.

— La grande compétition de plongeon de la cinquième année est sur le point de commencer! Les concurrents et les juges sont priés de se regrouper près du tremplin.

Béthanie se coiffe de son bonnet de bain et ajuste ses lunettes de nage.

— Je suis prête, annonce-t-elle.

Mason se frappe la poitrine de ses bras. Il prend place à côté de Béthanie, et fait un clin d'œil à Zach et à Tyler.

— Mais qu'est-ce...? demande Abby.

— Sont-ils retombés en enfance? s'exclame Jessica.

Les garçons dansent en sautillant de haut en bas, comme des enfants de cinq ans qui auraient perdu la tête.

— Sont-ils devenus fous? hurle Brianna.

Les garçons cessent leurs simagrées aussi brusquement qu'ils les avaient commencées.

— Des araignées! beuglent-ils. Des araignées! Là, près du tremplin!

Béthanie fige sur place. Ses yeux s'élargissent. Devant ses amies qui la regardent, horrifiées, elle recule lentement et s'éloigne du tremplin.

Chapitre 15

Ou encore : Une fois prévenue, une fille sait ce qu'elle a à faire!

Mais l'adage n'était pas vrai en ce qui concernait Béthanie à ce moment-là. Même avertie, même prévenue, elle n'en valait pas deux et ne savait pas quoi faire.

En fait, elle restait là, complètement immobile, paralysée par la terreur.

Eh bien, c'est faux!

1. Béthanie ne savait pas qu'il n'y avait pas d'araignées. (Nous non plus.)

2. Elle ne savait pas que c'était une invention pure et simple des garçons. (Nous non plus.)

3. Elle ne savait pas qu'ils essayaient seulement de lui faire peur. (Nous non plus.)

Ce qu'elle ne savait pas la terrifiait, la pétrifiait complètement.

Si elle l'avait su, elle aurait grimpé sur le tremplin sans la moindre appréhension et aurait exécuté le plongeon victorieux.

<u>Ce qui est arrivé après ça</u>

Un grand tumulte.

– C'est un coup monté! a affirmé Nathalie.

Ils ont inventé ça de toutes pièces! N'aie pas peur!

– Qu'est-ce que...? ai-je demandé en me tournant vers Nathalie.

C'était la première fois que j'entendais ça.

– Je vais tout vous expliquer, mais plus tard, m'a sifflé Nathalie entre ses dents. Allez, on ne peut pas laisser Béthanie perdre!

J'ai pris une bonne inspiration et j'ai lancé à Béthanie :

– Écoute ce que dit Nathalie! Il n'y a aucune araignée dans les parages! Tu es en sécurité!

– Allez, Béthanie! Tu es capable! a dit Jessica.

– Ne sois pas peureuse, a renchéri Brianna. Moi, je n'ai peur de rien!

Zach, Tyler et Mason continuaient de crier :

– Des araignées! Des araignées! Des araignées!

– Où ça, des araignées? ont voulu savoir Éva et Kathleen. La compétition est-elle annulée? Nous sommes venues ici pour rien?

Béthanie n'entendait rien de tout ça. La peur lui enlevait tous ses moyens.

<u>Ce qui est arrivé après ça</u>

Jessica et moi, on a échangé un regard désespéré. Comment ranimer le courage de Béthanie? Comment la convaincre qu'il n'y avait rien à craindre? Au fait, n'y avait-il vraiment rien à craindre?

– Comment sais-tu que les garçons n'ont pas lâché d'araignées près du tremplin? m'a demandé Jessica.

– C'est Nathalie qui me l'a dit, ai-je répondu. Elle a promis de tout nous expliquer plus tard.

Nous avons cherché Nathalie des yeux, mais au milieu du brouhaha, elle s'était évaporée. Soudain, elle est réapparue au bord de la piscine.

Vêtue d'un long imperméable, une pipe sortant de sa poche, Nathalie tenait une grosse loupe dans sa main droite. Sur sa tête était posée une casquette de style Sherlock Holmes, dont sortaient deux oreilles en fourrure.

– Je suis Sherlock Hamster, a-t-elle dit en guise de présentation.

Ce qui est arrivé après ça

Un grand silence s'est abattu sur la foule éberluée.

– Hamster? a dit Béthanie. Sherlock Hamster? Tu as bien dit « hamster »?

Sa bouche s'est contractée. Son nez s'est mis à bouger. Et soudain, elle a pouffé de rire.

Jessica souriait. Moi, je rigolais, et Éva aussi. Brianna poussait des gloussements. Kathleen hurlait de rire. Bientôt tout le monde se tordait les côtes. Même Zach et Tyler. Même Mason.

Oui, Mason a ri, lui aussi.

Mais pas pour longtemps.

Ce qui est arrivé après ça

Dans son costume de détective, Nathalie a rampé jusqu'à l'extrémité du tremplin en scrutant à la loupe chaque centimètre carré. Quand elle s'est relevée, elle a fait un grand geste circulaire avec sa loupe.

– Je ne vois aucun signe d'araignées dans les parages, a-t-elle déclaré d'une voix retentissante.

Ce qui est arrivé après ça

Un coup de sifflet a fendu l'air.

– Descends du tremplin! a ordonné la surveillante à Nathalie. Il est réservé aux nageurs.

Ce qui est arrivé après ça

– Je vais plonger, a annoncé Béthanie.

Ce qui est arrivé après ça

Mason a pâli.

Ce qui est arrivé après ça

Béthanie a gravi l'échelle. Sans aucune crainte, elle a exécuté une série de plongeons parfaits. Tout le monde a applaudi, même Zach et Tyler.

Mason a couru sur le tremplin, s'est jeté à l'eau et a atterri sur le ventre dans un bruyant éclaboussement. Une décision unanime des juges a proclamé la victoire de Béthanie!

Ouais, Béthanie! Ouais, Béthanie! Ouais, Béthanie! Ouais, Béthanie!

Ce qui est arrivé ensuite

Les filles se sont réjouies! Béthanie a reçu plusieurs prix excitants! Parmi ceux-ci, un calendrier des plongeurs en eau profonde, un code de tricherie pour un jeu électronique et une affiche de la navette spatiale. Éva lui a remis le sifflet d'arbitre qu'elle avait autour du cou. Et Kathleen lui a offert une barrette en forme de papillon.

Zach et Tyler sont venus serrer la main de la gagnante. Brianna a murmuré quelque chose à propos de sa cousine, une plongeuse olympique.

– Beau travail, a dit Mason, avant de roter bruyamment.

– Et maintenant, a dit Béthanie, nageons!

Brianna a regardé sa montre.

– Je dois aller à ma leçon d'anglais, a-t-elle dit. Goodbye, farewell, see you soon! Don't forget me!

– Qu'est-ce que tu dis? demande Nathalie.

– Je vous dis de ne pas m'oublier, répond Brianna en repoussant ses cheveux par-dessus son épaule. Je suis la meilleure!

– Mais pas en plongeon! s'écrient d'une même voix Jessica et Nathalie en entourant Béthanie de leurs bras. Hourra, Béthanie!

Proclamation!!! (Mes parents ne sont pas les seuls à pouvoir proclamer des choses!)

Il y a tellement de records à entrer dans le Livre Hayes des records du monde, aujourd'hui, que cela constitue un record!

J'ai inscrit Brianna pour l'usage le plus odieux de la langue anglaise autour d'une piscine publique.

Béthanie mérite une mention pour la victoire la plus satisfaisante des filles contre les garçons. Et une autre pour le revirement le plus rapide et le plus courageux dans l'histoire de toute la cinquième année.

Nathalie a établi un record pour le plan le plus

astucieux pour déjouer un complot maléfique. Elle remporte aussi le trophée Sherlock Hamster pour son audacieux travail de détective.

Quant à Mason, ses performances lui valent une mention dans la catégorie du plus gros et du plus fort pour ses fameux plongeons plats et ses rots spectaculaires.

Et les trois garçons ensemble ont le record de la danse la plus stupide.

Après avoir joué à Marco Polo dans la piscine pendant une heure ou deux, Jessica et moi avons payé la traite à Béthanie et à Nathalie en leur achetant de la crème glacée.

– Comment as-tu deviné qu'ils n'allaient pas vraiment lâcher leurs araignées? ai-je demandé à Nathalie pendant que nous dégustions nos cornets, assises dans l'herbe.

Nathalie me fait son sourire mystérieux.

– Je me suis arrangée pour que Tyler laisse sortir les araignées du sac.

– Tu veux dire qu'il a jeté le pot? demande Jessica.

– Pas vraiment. C'est une expression. En fait, ce que je dis, c'est que le chat est sorti du sac.

Nathalie s'interrompt, le temps de lécher la crème glacée qui dégouline sur les côtés de son cornet.

— Des araignées d'abord, et maintenant un chat! ai-je dit. Non, mais de quoi tu parles?

— Il m'a tout raconté, explique Nathalie. Il m'a dit qu'ils avaient décidé de ne pas apporter de vraies araignées dans l'enclos de la piscine. Il savait que la simple mention des araignées suffirait à terroriser Béthanie.

Celle-ci devient toute rouge.

— Ah, le traître! s'exclame-t-elle. Je ne peux pas croire qu'il ait dit ça! Je ne l'inviterai plus jamais à la maison!

— Mais il avait raison, murmure Jessica.

Nathalie approuve d'un signe de tête.

— Abby nous avait parlé de ta phobie des araignées, Béthanie. Je savais que je devais te distraire de ta peur. Alors j'ai sorti mon costume de détective et j'y ai ajouté une paire d'oreilles.

— Et ça a marché! s'écrie Béthanie. J'ai tellement ri en voyant ton costume de Sherlock Hamster que j'en ai oublié ma peur!

— Vive Nathalie! s'écrie Jessica. Grâce à elle, tout est bien qui finit bien! Et vive Béthanie, qui a remporté haut la main la compétition de plongeon!

Dans quinze minutes, je rentre à la maison. Mon Problème va m'attendre. (J'espère que je ne serai pas accueillie par un vrai problème!) Ce n'est pas facile de prendre soin d'un chaton, surtout quand tant de choses se passent, comme des compétitions de plongeon et des discussions familiales. Ce soir, les Hayes prendront une décision quant à leurs vacances. À cause de mon Problème, je ne m'y suis pas bien préparée. Ma journée passera-t-elle du triomphe aux larmes?

Chapitre 16

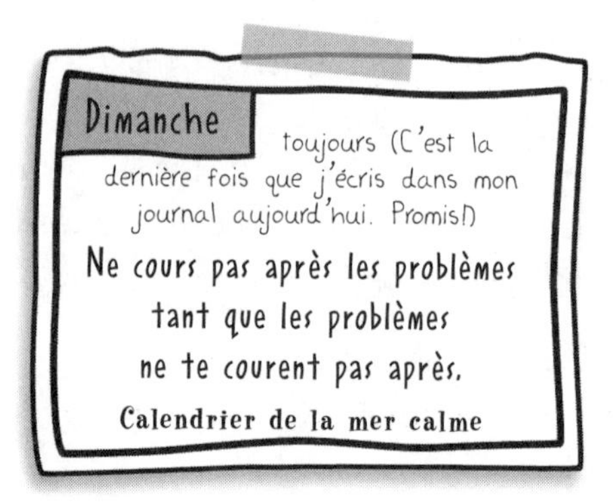

Mon Problème m'a causé bien des problèmes. Pendant la compétition de plongeon, il a vomi sur un des mes calendriers préférés, qui traînait par terre. Était-il fâché que je n'aie pas passé assez de temps avec lui? Mais il fallait bien que je sois à la piscine avec mes amies!

– Là, c'en est trop! ai-je gémi en frappant le plancher du pied et en me mettant à pleurer.

Mais je n'ai pas grondé Problème. J'ai nettoyé le dégât (ouache!), je lui ai servi d'autre nourriture, je lui ai mis un nouveau bol d'eau et je suis allée voir Isabelle dans sa chambre. Ma grande sœur apportait les dernières retouches à son discours sur les vacances.

Ce que j'ai dit à Isabelle

- S'il te plaît, s'il te plaît, s'il te plaît! Pourrais-tu m'aider à m'occuper de Problème? Problème est un vrai problème et je ne peux plus en prendre soin toute seule.

La réponse d'Isabelle

- Bien sûr que je vais t'aider.

- Tu es la meilleure! ai-je crié en lui sautant au cou.

- Mais à deux conditions.

- Lesquelles? ai-je demandé, la mort dans l'âme.

Connaissant ma sœur, j'ai cru qu'elle allait me demander de lui verser mon allocation des quinze prochaines années.

- Premièrement, a-t-elle dit, je veux que tu votes pour mon projet de vacances.

J'ai hésité, mais un seul petit instant. Qu'est-ce qu'une semaine de misère, si on la compare à des années à nettoyer de la litière toute seule?

- D'accord, Isa.

- Deuxièmement, tu vas me permettre de changer le nom du chaton.

- Qu'est-ce que tu n'aimes pas dans son nom?

- Je veux l'appeler Jefferson! D'après Thomas

Jefferson. C'est beaucoup plus distingué que Problème.

– C'est un nom trop raffiné pour un chaton! ai-je protesté.

– C'est le marché que je te propose – à prendre ou à laisser, dit Isabelle en croisant les bras sur sa poitrine.

Les ongles d'une de ses mains étaient vernis de couleurs patriotiques (bleu, blanc et rouge) et ceux de l'autre main en teintes fluo vert et orange.

– Ça va faire deux fois qu'il change de nom, lui ai-je fait remarquer. Il va avoir une crise d'identité.

– Il s'adaptera. On va se partager également tous les soins à lui donner, et il passera la moitié du temps dans ma chambre. Problème aura deux personnes pour l'aimer, le nourrir et éponger ses dégâts. Qu'en dis-tu?

– Si maman et papa nous permettent de le garder, dis-je, la réponse est oui.

– Les parents, j'en fais mon affaire, promet Isabelle.

Hourra! Avec Isabelle dans mon camp, la victoire est assurée... ou presque!

Ce qui s'est passé lors
de la réunion familiale des Hayes
une demi-heure plus tard
(sans compter les batailles,
les chicanes et les désaccords)

J'ai voté avec Alex pour le projet d'Isabelle et nous avons gagné. Trois votes pour le nôtre, deux pour celui de maman et d'Éva, un pour celui de papa. Nous allons donc visiter Williamsburg, en Virginie, pour voir « l'histoire revivre sous nos yeux ». (Ça, c'est une citation tirée du discours d'Isabelle, qu'elle a prononcé même en étant assurée de la victoire.)

Nous visiterons aussi, pas très loin de là, un musée de l'aéronautique et du cosmos.

Alex a levé le poing en signe de victoire.

– Youpi! On a gagné!

– Eh bien, nous allons donc nous rendre à Williamsburg, a dit maman, faisant contre mauvaise fortune bon cœur. J'adore voir la démocratie en action, a-t-elle dit.

(Comment qualifierait-elle le marché que j'ai conclu avec Isabelle? Le désespoir en action?)

– J'imagine que je ferai tout plein d'exercices à monter et à descendre les escaliers des musées, marmonne Éva, morose. Ou à déambuler dans de vieux champs de bataille.

– Pourquoi as-tu changé de camp, Abby? m'a demandé papa, les sourcils froncés. Il y aurait encore eu moyen de les faire changer d'idée.

– J'ai mes raisons, papa, ai-je marmonné en baissant la tête.

Ça ne me dérangeait pas trop de passer une semaine à revivre des moments historiques. Si je me sentais aussi mal, c'était surtout parce que grand-maman Emma ne serait pas de la partie.

« Mais pourquoi pas, au fait? » me suis-je demandé. Pourquoi ne pourrait-elle pas venir? Si les filles avaient été capables de se montrer plus fines que les garçons, cet après-midi, n'étais-je pas capable, moi, de gagner mes parents à mon idée?

– On ne va pas rendre visite à grand-maman Emma, me suis-je écriée, mais est-ce qu'on ne pourrait pas l'inviter à nous accompagner?

<u>Les réactions de ma famille</u>

– Excellente idée, Abby!

– Super!

– Brillant!

(Pourquoi n'en disaient-ils pas autant de mes autres propositions de vacances?)

Papa a aussitôt sauté sur le téléphone et composé son numéro.

<u>La réponse de grand-maman Emma</u>

Elle a dit oui! Elle va venir à Williamsburg avec nous!!! Ce n'était pas plus compliqué que ça!

Le quotient de bonheur vient de grimper en flèche chez les Hayes.

Non seulement nous allons voir grand-maman Emma, mais, comme l'ont fait remarquer maman et papa, nous aurons ainsi plus de choix d'activités. Avec trois adultes, on peut se séparer et faire un grand nombre de choses différentes. Trois adultes multipliés par sept journées, cela donne vingt et une possibilités. Ce qui veut dire que quelqu'un sera heureux tout le temps, et que tout le monde sera heureux une partie du temps.

Hourra! Hourra! HOURRA!

J'aurai la chance de passer toute une semaine avec ma grand-maman préférée et, MIEUX ENCORE, toute la famille m'en est reconnaissante!

Maman et papa vont-ils nous laisser garder Prob... je veux dire Jefferson, Isabelle et moi?
Il faut que je leur demande pendant que tout le monde se saute au cou, s'embrasse et me remercie.

Je vais promettre de passer l'aspirateur dans ma

chambre régulièrement, pour qu'Alex n'éternue pas trop, et m'assurer que Prob... Jefferson aura un shampoing par mois.

Pourra-t-on l'emmener en vacances aussi? Isabelle lui racontera tout ce qu'il y a à savoir sur son homonyme, Thomas Jefferson, qui a fait ses études collégiales à Williamsburg. Ça va peut-être l'aider à mieux accepter son nom très célèbre.

Isabelle est venue dans ma chambre il y a quelques minutes. Elle m'a donné 25 $.

– Pourquoi donc? lui ai-je demandé.

– N'as-tu pas dépensé beaucoup d'argent pour acheter de la nourriture, des jouets et la litière de ton chaton?

– Eh bien, oui, mais...

– Alors, je t'en rembourse la moitié.

Isabelle a pris Prob... Jefferson et l'a serré dans ses bras.

– Je veux l'amener dans ma chambre, maintenant. D'accord?

– Bien sûr!

C'est bien plus facile d'écrire dans mon journal quand Prob... Jefferson ne saute pas sur mon stylo.

Aujourd'hui a été une journée historique. Nous avons enfin adopté un projet de vacances en famille. Plus personne n'est fâché! Tout le monde est d'accord. Isabelle et moi partageons Prob... Jefferson. Et Béthanie a battu les garçons!!!

J'ai l'impression que la chance me sourit en ce moment. (Tiens, pourquoi ne pourrait-elle pas me chanter une chanson, tant qu'à y être?)

(P.-S. : Je pense quand même que Thomas Jefferson est un nom stupide pour un chat. Moi, je vais l'appeler T-Jeff. Ça fera plus cool!)